Immanuel E. Korte

Im Dienst des
Drachen

Ein Blick hinter den Vorhang
der Weltgeschichte

Impressum:

Alle Rechte vorbehalten

© Immanuel E. Korte

Herstellung und Verlag:
Books on Demand GmbH, Norderstedt

ISBN 9 783839 102060

Inhalt

Prolog   7

Kapitel 1:   Wie alles begann   11

Kapitel 2:   Ein festes Fundament   21

Kapitel 3:   Die Geschichte dieser Menschheit   31

Kapitel 4:   Europa in der Bibel   43

Kapitel 5:   Die Eroberung der christlichen Kirche   53

Kapitel 6:   Fallen auch die protestantischen Kirchen?   61

Kapitel 7:   Die tödliche Wunde   69

Kapitel 8:   Die Stunde seines Gerichts ist gekommen   75

Kapitel 9:   Amerika in der Prophetie   85

Kapitel 10:   Im Dienst des Drachens   95

Kapitel 11:   Das große Welttheater   105

Kapitel 12:   Die Gemeinde der Übrigen   119

Epilog   127

Quellenangaben

Prolog

Wir schreiben das Jahr 2002, es ist Ende August, ein heißer Tag. Ich habe mich auf die Terrasse in den Schatten gesetzt. Ein leichter Wind weht über das Land und bringt angenehme Kühlung. Es ist friedlich und ruhig. Die Vögel zwitschern in den Mandelbäumen und die Kinder plantschen fröhlich im Pool. Unaufhörlich klettern sie aus dem Wasser, um dann wieder mit Anlauf kopfüber hineinzuspringen. Schwalben fliegen auf und ab, ziehen lautlos ihre Kreise. Wie Pfeile schießen sie über den Himmel, tauchen auf, schlagen Haken und verschwinden wieder. Elegant und mit wenigen Flügelschlägen gleiten sie dahin. Die Luft ist erfüllt mit dem würzigen Duft von frisch geschnittenem Gras; dazwischen drängt sich immer wieder ein Schwall der schweren Süße reifer Feigen. Tief ziehe ich die Luft durch meine Nase. Man kann die reifen Feigen in der Luft richtig schmecken, wie frische Kokosnüsse - was für eine schöne Zeit.

Ich bin nachdenklich. Neben mir liegen ein Notizbuch und ein Stift. Seit einiger Zeit geht mir eine Geschichte nicht mehr aus dem Kopf. Immer wieder muss ich an sie denken, grüble nach, versuche zu verstehen. Manchmal bin ich in Gedanken, gar nicht bei meiner Arbeit oder ich liege nachts wach und überlege. Letzte Nacht bin ich wieder um vier Uhr aufgewacht und sofort haben die Rädchen angefangen zu arbeiten, die Geschichte war wieder da. Bis zum Morgen konnte ich nicht mehr einschlafen. Wenn man erst einmal am Überlegen ist, dann ist an Schlaf nicht mehr zu denken. Ich habe versucht, diese Geschichte in Gedanken einem Freund zu erzählen und dabei bemerkt, dass es nicht so einfach ist. Als es langsam hell wurde, habe ich dann einen Entschluss gefasst. Ich habe mir vorgenommen zu versuchen, diese Geschichte aufzuschreiben. Und jetzt sitze ich hier im Schatten und möchte diesen Entschluss in die Tat umsetzen. Noch weiß ich nicht, wie ich beginnen werde und wie es enden wird. So viele Gedanken drängen sich in meinem Herzen und wollen alle gleichzeitig heraus. Ich werde diese Geschichte zu Papier bringen, das Unglaubliche, das Unfassbare, was an die Grenze unseres Verstehens geht. Es ist eigentlich die Geschichte dieser Welt, eine Geschichte über Gott und die Welt, die Geschichte der Menschheit. Und es ist mehr als das. Manchmal kommt es mir so vor, als hätte ich das alles nur geträumt und ich bräuchte nur aufgeweckt zu werden und könnte dann so weiterleben wie bisher. Aber dafür ist es jetzt zu spät. Es gibt keine Umkehr mehr und das ist gut so. In den letzten Jahren habe ich mich immer wieder gefragt, ob ich verrückt bin und mich hier hoffnungslos in dieses Sache verrannt habe? Aber die Fakten und Beweise lassen diesen Ausweg nicht zu. Seit nun fast 15 Jahren arbeite ich an diesem Thema, habe studiert, Informationen gesammelt und Erfahrungen gemacht. Für mich besteht inzwischen kein Zweifel mehr, ich bin auf der Spur des größten Komplotts der Menschheitsgeschichte, dessen Ausmaß und Folgen sich jenseits unserer menschlichen Vorstellungskraft befinden. Das Ganze ist so unglaublich und brisant, dass ich eigentlich mit niemand darüber sprechen kann, ohne Gefahr zu laufen, entweder für nicht ganz zurechnungsfähig gehalten zu werden oder aber mich heftigen Angriffen aussetzen zu müssen.

Ich werde Ihnen viel abverlangen. Es wird nicht leicht sein, diese Geschichte bis zu Ende zu lesen. Von diesem Komplott ist die ganze menschliche Zivilisation betroffen. Es geht nicht nur um die Frage der Religion, sondern es betrifft alle Bereiche des politischen, wirtschaftlichen und gesellschaftlichen Lebens, unsere Moral, unser Selbstverständnis, unsere gesamte menschliche Existenz.

Das mag überheblich klingen und anmaßend, aber genau so habe ich früher auch gedacht. Heute bin ich froh über den Blick hinter die Kulissen. Ich will jeden ermutigen durchzuhalten. Das Puzzle entsteht aus unzähligen kleinen, ja für sich gesehenen vielleicht unscheinbaren Teilchen, aber je mehr Aspekte zusammengefügt werden, desto klarer wird das Bild. Heute muss ich zugeben, dass ich früher nur eine Marionette, ein Spielball der Mächte war. Obwohl ich geglaubt hatte, vollkommen frei und unabhängig zu sein, war ich doch nur eine Schachfigur in einem riesigen Theaterstück. Ich war Gefangener eines Systems, welches seinen manipulierenden Einfluss so versteckt ausübt, dass ich nicht einmal von der Existenz dieses Systems wusste.

Heute kann ich dieses System erkennen und mich mit meinem eigenen freien Willen zur Wehr setzen. Mein Leben und meine Lebenseinstellung haben sich dadurch grundlegend geändert. Ich habe das bis heute nicht im Geringsten bereut, im Gegenteil, ich bin dadurch erst ein freier Mensch geworden, bin zufrieden und glücklich und weiß, warum ich lebe und wozu.

Ich werde in dieser Geschichte über das Leben und den Glauben reden, über die Bibel, über den Schöpfer des Himmels und der Erde und über den großen Kampf zwischen Licht und Finsternis, über den Anfang und das Ziel dieser Welt. Und ich werde Informationen zusammentragen, so dass sich jeder ein eigenes Urteil bilden kann.

Ich habe nicht die Absicht, mit dieser Geschichte irgendjemand zu irgendetwas zu bekehren. Ich möchte einfach versuchen, die Erkenntnisse weiterzugeben, die ich in so unzähligen Stunden herausgefunden habe und von denen ich meine, jeder Mensch sollte darüber Bescheid wissen und dann selbst eine Entscheidung treffen.

Leider wird diese Geschichte nur ein Abriss der Ereignisse sein, die tatsächlich stattfinden, aber die ganze Geschichte könnte kein Buch dieser Welt fassen und kein Mensch könnte sie ertragen.

Wundern Sie sich nicht, dass immer dann, wenn Sie dieses Buch zur Hand nehmen werden, Ereignisse eintreten können, die Sie auf die eine oder andere Weise ablenken oder sogar davon abhalten werden weiter zu lesen. Wer sich mit aufrichtigem Herzen auf die Suche nach der Wahrheit begibt, muss wissen, dass er damit zum Feind des Systems wird und alle Mächte in Bewegung gesetzt werden, um das zu verhindern. Doch seien sie getrost, das System ist bereits besiegt.

Ob diese Geschichte der Realität entspricht? Sie handelt anscheinend von Tatsachen, die jeder selbst, wenn auch mit etwas Mühe nachprüfen kann. Es wurde ganz bewusst darauf verzichtet, jede einzelne Aussage mit Zitaten und Quellenangaben zu belegen. Schließlich soll der Leser nicht mit vermeintlichen Fakten erschlagen werden, sondern die Möglichkeit haben, eine eigene Entscheidung zu treffen. Die Entscheidungsfreiheit ist für den Menschen ein Privileg und darf durch nichts und niemanden eingeschränkt werden. Sie beinhaltet aber auch eine große Verantwortung, müssen wir doch die Konsequenzen aus unseren Entscheidungen selbst tragen.

Wer glauben will, der erhält dafür ausreichend Gelegenheit, wer nicht glauben will, der behält den Freiraum des Zweifels und kann das Ganze eben nur als gewöhnliche Verschwörungsgeschichte betrachten.

Treffen sie Ihre Wahl, bevor es heißt: „ rien ne va plus; Nichts geht mehr!"

Kapitel 1
Wie alles begann

Ich heiße Manuel, bin 46 Jahre alt, verheiratet und habe zwei Kinder. Geboren bin ich in München als zweiter Sohn eines Ingenieurs und einer Verkäuferin. Meine Eltern erwarben 1955 mit ihren Ersparnissen ein kleines Grundstück am Stadtrand von München und bauten mit viel Individualismus, Engagement und unzähligen Eigenleistungsstunden ein kleines Haus - unser Zuhause. Es hat uns Kindern an nichts gefehlt. Unser Leben war einfach, aber wir waren glücklich und zufrieden. Viele Stunden verbrachte ich beim Abenteuerspiel im angrenzenden Wald. Am Wochenende waren die Eltern mit uns Kindern meist in den Voralpen beim Bergsteigen oder Skifahren. Vieles war damals noch ganz anders als heute; übernachten in der Hütte auf Matratzenlagern, Kartoffeln im Rucksack, Felle unter den Skiern. Es gab natürlich nicht so viele Lifte und das Geld dafür hätte man auch gar nicht gehabt. Mit heute ist das nicht mehr zu vergleichen. Früher war viel weniger los, nicht so ein Rummel und Stress. Die Menschen suchten die Natur und nicht ein schnelles Vergnügen mit Kick. Die Umwelt war noch in Ordnung, der Bergwald gesund, die Bäche sauber und die Luft klar.

Gerade die Zeit in den Bergen, Sommer wie Winters, möchte ich in meinem Leben nicht missen. An diese Zeit erinnere ich mich immer zuerst, wenn ich an meine Kindheit zurückdenke. Wir waren als Familie zusammen, hatten gemeinsame Erlebnisse, sangen fröhlich Lieder und teilten uns am Abend auf dem Nachhauseweg im Auto noch den letzten Kanten Brot aus dem Rucksack.

Ich hatte eine wunderschöne Kindheit. Ich liebte es, meine Spielsachen selbst zu basteln, dem Vater in der Werkstatt zu helfen oder mit den Eltern das Deutsche Theater zu besuchen, stolz auf meine erste eigene Krawatte.

Wir wurden von den Eltern katholisch erzogen, obwohl mein Vater evangelisch war. Meine Mutter kommt aus einer katholischen Familie, zwei ihrer Brüder waren Priester. Mutter besuchte mit uns Kindern regelmäßig den Sonntagsgottesdienst, Vater dagegen blieb meist zuhause. In der Schule waren wir im katholischen Religionsunterricht und empfingen zunächst die Kommunion und später die Firmung. Das war aber auch schon fast alles, was ich in meiner Kindheit zum Thema Glauben mitbekommen habe, denn in unseren vier Wänden wurde über Gott praktisch nicht gesprochen.

Insgesamt waren wir eine durchschnittliche Familie mit ihren Höhen und Tiefen. Meinem Vater ist es durch seine Arbeit gelungen, uns einen bescheidenen Wohlstand zu ermöglichen, der sich u. a. darin zeigte, dass es außer freitags fast immer Fleisch zu essen gab, wir ab und zu ins Restaurant gingen, ein Haus mit Garten und zwei Autos besaßen und regelmäßig Urlaub machten, im Winter zum Skifahren und im Sommer am Meer.

Wenn ich heute zurückschaue, bin ich sehr froh, gerade in dieser Zeit aufgewachsen zu sein und es macht mich traurig, wenn ich daran denke, in welchen ungleich schwierigeren familiären Verhältnissen heute viele Kinder groß werden müssen und dadurch für ihr ganzes Leben geprägt werden.

Die Grundschule, die man zu meiner Zeit noch Volksschule nannte, und das Gymnasium gingen im Rückblick zu schnell und nicht gerade mit einem tiefgründigen Einfluss an mir vorbei. Ich habe mich in dieser Zeit für alles Mögliche interessiert, nur mit dem Lernen hatte ich es nicht so. Bis heute ist mir einer meiner Gymnasiallehrer in Erinnerung geblieben, der zu meinen Eltern immer wieder sagte: „Ihr Sohn könnte schon, wenn er wollte." Aber damals wollte ich noch nicht verstehen, dass man nicht für die Schule, sondern für das Leben lernt. Ich habe mir zu dieser Zeit immer wieder den Moment herbeigesehnt, in dem ich meine letzte Prüfung geschrieben hätte und nie mehr lernen müsste, eine Illusion, wie ich heute weiß.

Nach einem nur mittelmäßigem Abitur und 15 Monaten Grundwehrdienst entschied ich mich schließlich für das Studium der Betriebswirtschaftslehre, ohne zu diesem Zeitpunkt eigentlich genau zu wissen, was da auf mich zukam. Immerhin gab es in Betriebswirtschaftslehre keinen Numerus Clausus. Ich konnte einen Studienplatz in München bekommen und weiterhin bei den Eltern wohnen. Bei 800 Studienanfängern und der Situation auf dem Arbeitsmarkt wurde mir aber schnell klar, dass ich nach dem Studium mit dem einen oder anderen meiner Kommilitonen im Wettbewerb stehen würde. So entschied ich mich dann, in Erinnerung an meinen alten Gymnasiallehrer, jetzt endlich zu wollen und kniete mich, wenn auch erst ab dem 5. Semester, in das Studium hinein. Mein Lehrer hatte recht gehabt, denn ich konnte bereits nach dem 8. Semester das Studium mit der Note „sehr gut" als frisch gebackener Diplomkaufmann beenden.

Aufgrund meines sehr guten Examens wurde ich gleich von mehreren Firmen umworben. Das war eine ganz neue Erfahrung für mich. Plötzlich war ich jemand. Mir bislang unbekannte Unternehmen baten mich zu Vorstellungsgesprächen. Ohne auch nur eine Bewerbung schreiben zu müssen, konnte ich mir meine erste Arbeitsstelle aussuchen. Entsprechend meinen Studienschwerpunkten entschied ich mich für eine kleine Steuerberatungs-, und Wirtschaftsprüfungskanzlei in einer der besten Adressen Münchens. Wenn ich heute zurückschaue, dann war das genau die richtige Wahl, fand ich dort nicht nur die Voraussetzungen für meine spätere Karriere, sondern vor allem lernte ich dort auch meine Frau kennen.

Vom ersten Arbeitstag an ging es für mich bergauf. Mit einer 60-Stunden Woche kam schnell der berufliche Erfolg, zunächst in der Kanzlei, dann beim angegliederten Bauträger: Prokura, Geschäftsführer, Geld, Dienstwagen, Geschäftsessen, Wochenendtripps zu Sternerestaurants, Modellanzüge, Fernreisen.

Aus dem einst naturverbundenen, eher bescheidenen Münchner, mit echter Hirschlederhose und Hang zur alpenländischen Volkskunst, war in kurzer Zeit ein junger erfolgreicher Geschäftsmann geworden, der jetzt ganz andere Interessen hatte: Designermöbel, coole Eleganz, postmoderne Kunst, Klassik, Ballett und Oper.

In der Firma hatte ich in wenigen Jahren bereits das Ende der Fahnenstange erreicht und so wechselte ich zu einer Münchner Unternehmensberatung mit neuen Perspektiven. Ich konnte mithelfen, das Unternehmen weiter aufzubauen und leitete dort als Projekt-, und später als Bereichsverantwortlicher wichtige Projekte bei den großen deutschen Banken, Versicherungen und Industrieunternehmen. Ich erstellte Kostenanalysen, entwickelte Unternehmens-, Geschäftsfeld- und Produktstrategien und präsentierte die Ergebnisse vor den führenden Vorständen in den Zentren der deutschen Macht. Und natürlich verdiente ich mehr Geld.

In der früheren Kanzlei hatte ich meine Frau kennen gelernt, wir heirateten jetzt, bekamen zwei Kinder und wohnten in einem Nobelvorort von München, zwischen Schicki und Micki.

Alles schien in bester Ordnung, wir lebten auf der Sonnenseite des Lebens.

Ich erinnere mich noch an einen Morgen, es war kurz nach unserem Einzug in das neue Haus. Ich stand vor der Haustür und atmete die frische Morgenluft ein, als mir ein geflügeltes Wort in den Sinn kam:

„Ein richtiger Mann müsse in seinem Leben drei Dinge vollbringen: ein Haus bauen, einen Sohn zeugen und einen Baum pflanzen."

Und ich dachte mir in diesem Moment, jetzt bin ich 33 Jahre alt und habe das schon alles erreicht, und was mache ich jetzt?
Und hier beginnt meine so unglaubliche Geschichte.
Unser erstes Kind war gerade geboren und jetzt konfrontierte mich meine Frau mit einem für mich ganz neuen Thema. Ich muss vorausschicken, meine Frau war nicht katholisch wie ich, sondern von ihrer Mutter im Glauben der Siebenten-Tags-Adventisten, einer Art protestantischen Freikirche, erzogen worden. Ich hatte dieser Tatsache bisher keine besondere Bedeutung beigemessen. Der einzige wesentliche Unterschied, den ich bis dahin bemerkt hatte war, dass sie am Samstag und nicht wie ich gewohnt war, am Sonntag in den Gottesdienst ging. Doch jetzt sagte meine Frau, es sei nicht richtig das Kind zu taufen, weil es sich ja noch nicht selbst für den Glauben entscheiden könne und sie fügte hinzu, dass die Kindertaufe auch nicht biblisch sei.
Das war in diesem Moment gleich eine mehrfache Überraschung. Für mich war es bis dahin eine absolut neue Erfahrung, dass heute in unserer modernen und aufgeklärten Welt noch jemand für seinen Glauben eintritt, öffentlich darüber spricht und einen Standpunkt bezieht. In den Kreisen, in denen ich zu dieser Zeit verkehrte, war das eher ein „Tabuthema", um das man normalerweise einen Bogen machte, das sich einfach nicht stellte, über das man nicht sprach. Was mich ebenfalls bei diesem Einwand erstaunte, dass es sich bei der Kindertaufe doch um eine auf der ganzen Welt anerkannte Praxis handelte. Einer meiner Cousins ist Priester und es ist schon eine Art Familientradition, dass er bei so einschlägigen Anlässen wie Taufe, Hochzeit oder Beerdigung gerufen wird. Was sollte falsch daran sein? Mein Cousin hatte doch schließlich Theologie studiert, der hätte das doch bestimmt gewusst, wenn die Kindertaufe nicht richtig gewesen wäre.
Dann war da noch der Hinweis meiner Frau, die Kindertaufe sei nicht biblisch. Und meine Frau erwähnte auch, das sei nicht die einzige Abweichung der katholischen Lehre von der Bibel. Da wären z.B. noch die Heiligenverehrung, die unsterbliche Seele, der Sonntag, Hölle und Fegefeuer, die Ohrenbeichte und vieles mehr. Das konnte ich nun überhaupt nicht mehr begreifen. Die katholische Kirche stand doch auf dem Fundament der Bibel, wie ich glaubte. Ja, ich war sogar fest davon überzeugt, es könne sich hier nur um einen Irrtum handeln. Natürlich glaubte ich an die Bibel und die

Kirche richtet sich doch auch danach, oder?

Ich musste mir allerdings eingestehen, es handelte sich dabei nur um eine Vermutung meinerseits, denn ich hatte dieses Buch, die Bibel, noch nie in der Hand gehabt. Die Bibel hatte in meinem bisherigen Leben überhaupt keine Rolle gespielt, wie mir in diesem Moment auffiel. Ich hätte mich zu diesem Zeitpunkt zwar als guten, gläubigen Katholiken bezeichnet, der regelmäßig den Gottesdienst besucht, seine Kirchensteuer bezahlt und ab und zu auch für gute Zwecke spendet, aber die Bibel kannte ich nicht. Dieses Buch war auch nie an mich herangetragen worden. Meine Eltern haben über die Bibel nicht gesprochen, ich wusste nicht einmal, ob es so ein Buch in unserem Zuhause überhaupt gab, und auch in der Schule, in 13 Jahren katholischem Religionsunterricht, hatten wir immer nur den Katechismus als Grundlage. Irgendwie kam ich mir bei dem allen ziemlich blöd vor und ich empfand das Ganze wie eine richtige Blamage. Der so intelligente und erfolgreiche Geschäftsmann, der immer alles weiß, kennt nicht einmal die Basis seiner Religion.

Das stellte eine echte Herausforderung für mich dar und ich war entschlossen, meinen Glauben zu verteidigen. Ich würde das Versäumte nachholen; schließlich war ich geschult und erfahren Probleme analytisch aufzuarbeiten und erfolgreich zu lösen. Ich entschloss mich deshalb dieses Buch zu lesen und meiner Frau zu belegen, dass sie mit ihrer Meinung nicht Recht hatte.

Und so begann ich kurz darauf die Bibel zu studieren, alleine, denn ich wollte mich von niemand beeinflussen lassen, mir selbst eine Meinung bilden. Ich hatte zwischenzeitlich eine alte Patloch-Bibel aufgetrieben, eine katholische Ausgabe, die Oma gehört hatte. So kämpfte ich mich suchend und fragend durch dieses Buch der Bücher und es nahm nicht weniger als ein ganzes Jahr in Anspruch, bis ich es von der ersten bis zur letzten Seite gelesen hatte – und jetzt?

Ich habe mich nur gewundert. Ist das wirklich das Buch, von dem ich glaubte, dass meine Religion darauf gründete? Und ich habe mich gefragt, „war das alles"?

Das Meiste, was ich damals über meine Religion wusste, stand überhaupt nicht in diesem Buch oder zumindest anders. Da stand z.B. wirklich nichts von Kindertaufe, auch nichts, was man mit gutem Willen hätte so interpretieren können, einfach nichts. Da stand auch nichts vom Sonntag, von den Heiligen, vom Fegefeuer oder davon, dass nach dem Tode die guten Seelen in den Himmel kommen und uns unsere verstorbenen Lieben sehen und

Anteil nehmen an unserem Leben, ja wir zu ihnen beten können. Und was mich noch mehr in Erstaunen versetzt hat war, dass ich so viele andere Dinge in diesem Buch entdeckt habe, von denen ich noch nie etwas gehört hatte. Das war ein echter Hammer.

Ich musste eingestehen, wenn das, was ich hier zum ersten Mal gelesen hatte, die Wahrheit sein sollte, dann hatte meine Frau nicht so unrecht mit ihren Ansichten.

Für mich war ein Pfeiler meines Lebens ins Wanken geraten, dessen Existenz mir bis dahin nicht recht bewusst gewesen war. Aber so einfach würde ich mich nicht geschlagen geben. Es musste doch irgendeine plausible Erklärung für diese Ungereimtheiten geben. Ich bemerkte, dass ich in der Vergangenheit zu uninteressiert gewesen war, zu leichtgläubig, einfach Gewohnheiten von anderen übernommen habe, ohne mir selbst darüber Gedanken zu machen, ob das auch richtig sei. Ich, der ich mich so intelligent wähnte, hatte manches einfach verdrängt, nicht hinterfragt und bin den anderen blindlings hinterher gelaufen, vielleicht aus Bequemlichkeit, vielleicht auch unbewusst absichtlich, um mich nicht mit einer unliebsamen Wahrheit auseinandersetzen zu müssen.

Mir wurde klar, ich hatte eine für mich sehr wichtige Entscheidung zu treffen, die gravierende Auswirkungen auf mein ganzes weiters Leben haben könnte. Nachdem ich dieses Buch gelesen hatte, musste ich einfach wissen, ob es Gott wirklich gibt; diesen Gott, der angeblich diese Welt erschaffen hat, der mich liebt, der seinen Sohn für mich geopfert hat, damit ich das ewige Leben erlangen kann. Diesen Gott, der sich uns durch sein Wort offenbart, uns seine Gebote gibt, der meine Schuld vergibt und der mir hilft ein Gott gefälliges Leben zu führen, in Demut und Nächstenliebe. Diesen Gott, mit dem ich sprechen kann, der mich hört und mir antwortet, dem ich persönlich wichtig bin. Gibt es diesen Gott wirklich, der von sich behauptet, er sei der einzige Gott oder ist alles nur der frommen Einbildung von Menschen, von Weltverbesserern entsprungen, die sich mit dem zufälligen Entstehen der Erde, der Evolution des Lebens und dessen Verschwinden ins bedeutungslose Nichts des Universums nach dem Tod, nicht abfinden wollen? Wollten die Menschen mit der verzweifelten Suche nach einer übernatürlichen Kraft, nach einem Sinn des Lebens und einem Weiterleben nach dem Tod nur von den Problemen des Lebens ablenken? Ist alles nur ein psychologischer Trick, ein Selbstschutz, damit man Elend und Leid besser ertragen und verkraften kann, weil man sich eine Hoffnung vorgaukelt, die es in Wirklichkeit aber nicht gibt? Hat die Menschheit diesen Gedanken immer weiterentwickelt, aber nie wirklich hinterfragt, weil es nur ein

Wunschdenken war?

Ich bin eher ein konsequenter Mensch und so wollte ich herausfinden, was richtig ist. Ich habe mir damals vorgenommen, dementsprechend auch konsequent zu handeln; entweder ganz an diesen Gott zu glauben und ihm zu folgen oder jede Art der Religion abzulehnen und mein Leben für mich leben und die Zeit, die mir auf dieser Erde verbleibt, zu genießen.
Ich war zuversichtlich, stand ich doch mit beiden Beinen fest auf dem Boden. Ich würde die Wahrheit herausfinden. Ich würde Beweise sammeln, Fakten aufdecken und mich nicht von abstrusen Vorstellungen und Interpretationen irgendwelcher religiöser Spinner beeindrucken lassen. Ich war fest entschlossen auch dieses Problem, wie gewohnt, erfolgreich zu lösen.

Wir sind heute mit den Kindern an den Strand gefahren. Obwohl sich der August langsam seinem Ende zuneigt, scheint die Sonne noch sehr heiß. Vor mir liegt das Meer in einem wunderbaren Türkis, das bis zum Horizont in dunkles Blau übergeht und dann fast nahtlos in den wolkenlosen Himmel. Von einer leichten Brise angetrieben streben unaufhörlich kleine Wellen sanft zum Strand, geschmückt mit weißen Schaumkronen. Das monotone Rauschen der Wellen macht fast schläfrig. In der Luft liegt der Duft von Salz und Seegras. Ich sitze unter unserem Schirm im Schatten und beobachte unsere Kinder, wie sie ihren Spaß im Wasser haben. Sie haben erst vor kurzem zwei Bodyboards bekommen und versuchen sich jetzt im Wellenreiten. Die beiden sind zwei richtige Wasserratten. Wenn man sie nicht immer wieder einmal herausrufen würde, dann würden sie solange im Wasser bleiben, bis sie ganz verschrumpelt und blau wären.

Mir kommt meine Geschichte wieder in den Sinn. Seit ich mich entschlossen habe alles aufzuschreiben, geht mir das Ganze nicht mehr aus dem Kopf. Ich denke an den Zeitpunkt meiner Entscheidung zurück, die Wahrheit herauszufinden; 15 Jahre sind inzwischen schon vergangen. Ich habe diesen Gott der Bibel gefunden und darüber bin ich so froh. Ich kann mir gar nicht vorstellen, wie ich früher ohne ihn leben konnte. Seit ich Gott wirklich kenne, bin ich ein anderer Mensch geworden und mein Leben hat erst einen Sinn bekommen. Wie oft durfte ich seither seine Nähe spüren, seine Hilfe und seinen Trost in Anspruch nehmen. Wie oft hat er mich getragen, wenn ich selbst nicht mehr weiter konnte. Es ist ein gutes Gefühl zu wissen, da ist jemand, der mich liebt. Früher hatte ich Angst davor, dass es jemanden gibt, der meine Gedanken und Beweggründe kennt, der mich im Dunklen sieht, vor dem ich nichts verbergen kann. Liegt es nicht in unserer Natur frei sein zu wollen, selbst zu entscheiden, wer wir sind, was wir denken und was wir tun? Wer ordnet sich gerne jemand anderem unter, wer lässt gerne über seine Zeit bestimmen, wer lässt sich gerne sagen, was richtig und falsch ist? Seit ich Gott kennengelernt habe, hat sich meine Einstellung zu diesen Fragen grundlegend geändert. Ich habe erkannt, dass unser heutiger freier Wille von der Sünde, von der Selbstsucht und unseren Begierden dominiert wird. Das ist seit dem Sündenfall so. Satan hat den Wunsch, selbst wie Gott sein zu wollen, tief in die Herzen der Menschheit eingepflanzt. Und so erkennen wir zwar durch unser Gewissen was gut und richtig wäre, aber wir lassen uns von unserer sündhaften Natur immer wieder dazu verführen, das Falsche zu tun. Das schlechte Gewissen, das wir dabei haben, stumpft immer weiter ab, bis wir es schließlich ganz zum Schweigen gebracht haben.

Ich habe erkannt, dass ich ein Sünder bin und dass ich mich aus eigener Kraft nicht retten kann. Ich brauche einen Erlöser, der mich liebt, zu dem ich meine Schuld bringen kann. Jesus Christus ist dieser Erlöser. Zu ihm darf ich kommen, so wie ich bin, er nimmt mich in seine Arme, vergibt mir und bezahlt auch noch für meine Schuld. Warum sollte ich deshalb Angst davor haben, dass Gott mich durchschaut. Gerne bringe ich alles zu ihm, wohin sollte ich denn sonst gehen? Nur er kann mir doch wirklich helfen. Und auch wenn ich in meiner Schwachheit immer wieder falle, so hilft er mir immer wieder auf. Gott ist barmherzig, gnädig und gütig und er liebt seine Kinder. Wie ein Vater, der seinen kleinen Jungen immer wieder auf die Beine stellt und ihn ermutigt, seine ersten Schritte alleine zu laufen, so stellt uns Gott immer wieder auf die Beine und will uns helfen, nicht mehr zu fallen.

Seit ich meine totale Abhängigkeit von Gott akzeptiert, ihm meinen Willen untergeordnet und versucht habe, seinem Wort zu gehorchen, bin ich erst ein freier Mensch geworden. Und das ist eine wunderbare Erfahrung, die ich nicht mehr missen möchte.

Es ist noch die gleiche Welt wie früher, die gleiche Sonne, das gleiche Meer, es sind noch die gleichen Menschen, die Erholung am Strand suchen. Alles scheint wie immer, so friedlich, so ruhig. Die Menschen scheinen glücklich und zufrieden zu sein. Doch ich sehe heute alles mit anderen Augen. Was diese Menschen wohl sagen würden, wenn sie wüssten, was ich inzwischen herausgefunden habe? Würden sie sich dafür interessieren oder die Augen verschließen? Würden sie aufschreien oder die Wahrheit einfach ignorieren und so weiterleben wie bisher?

Es ist so friedlich, wie die Ruhe vor dem Sturm. Dabei hat der große Kampf längst begonnen. Unter der Oberfläche tobt er heftig hin und her. Unbemerkt erringt der Feind Sieg um Sieg. Heimtückisch und verdeckt geht er vor. Er ist schon mitten unter uns. Er hat unser Leben unterwandert und uns so geschickt gefangen genommen, dass wir es nicht bemerkt haben. Wird er am Ende siegreich sein? Nein, ich weiß, der Feind kämpft vergeblich, er hat schon verloren. Verzweifelt und voll Wut wird er versuchen noch möglichst viele Menschen mit sich ins Verderben zu reißen und leider wird ihm das auch gelingen. Aber jeder hat die Chance sich noch rechtzeitig auf die Seite des Siegers zu stellen und der Vernichtung zu entgehen. Es ist noch nicht zu spät.

Wenn man die Menschen doch erreichen könnte, wenn es doch möglich wäre ihnen die Augen zu öffnen. Sieht denn keiner die Gefahr? Zu weit ist der Feind schon vormarschiert, zu raffiniert ist sein Komplott, so geschickt seine Taktik. Will sich denn keiner retten lassen?
Es werden nur wenige sein, die Mehrheit wird die Wahrheit erst erkennen, wenn es für sie zu spät ist.

Kapitel 2
Ein festes Fundament

Auf der Suche nach der Wahrheit stieß ich schnell auf die Frage: Was ist eigentlich Wahrheit?

Gibt es überhaupt *die* Wahrheit oder gibt es mehrere Wahrheiten, je nach Zeit und Umständen. Haben wir ein festes Fundament oder ist eben alles nur relativ, frei nach der Einstein'schen Relativitätstheorie. Gibt es einen unveränderlichen Maßstab oder muss man sich mit der Situations-Ethik abfinden?

Ich musste mein Problem zunächst erst einmal identifizieren. Hatte ich die Bibel einfach nicht richtig gelesen, war da etwas an der Bibel falsch oder war vielleicht die katholische Kirche mit ihrer Lehre im Irrtum?

Was ist die Bibel überhaupt für ein Buch? Wo kommt sie her, wer hat sie geschrieben und ist sie über die Jahrhunderte überhaupt richtig erhalten und korrekt übersetzt worden? Fragen über Fragen.

Ich würde auf der Suche nach der Wahrheit ein festes Fundament brauchen, keine individuellen Interpretationen von Wahrheit, keine Vorstellungen, die sich mit dem Zeitgeist wandeln. Ist die Bibel, das angebliche Wort Gottes, dieses Fundament, in dem dieser Gott selbst behauptet: „Mein Wort ist Wahrheit"?

Ich fing an, mich über dieses Buch zu informieren, nachzuforschen, Bücher und Ausarbeitungen zu lesen und Vorträge zu hören. Und was sich da für mich für eine neue Welt eröffnete, übertraf bei weitem meine Vorstellungen und Erwartungen. Ich kann nur jeden ermutigen, selbst eine ähnliche Erfahrung zu machen. Es ist hier nicht möglich alles aufzuführen, aber ich will die Erkenntnisse, die ich gewonnen habe, versuchen zusammenzufassen.

Ich fand heraus, die Bibel ist nicht nur das bekannteste, am weitesten verbreitete und das beliebteste Buch auf dieser Welt ist, sondern auch das am meisten kritisierte. Deshalb haben sich unzählige Wissenschaftler und Gelehrte über viele Generationen mit der Bibel auseinandergesetzt, sodass man heute jede Menge wissenschaftlich abgesicherter und auch unstreitiger Informationen über dieses Buch vorliegen hat. [1)]

Die Bibel besteht aus 66 Büchern. Sie ist von mehr als 40 Autoren in einem Zeitraum von ca. 1500 Jahren geschrieben worden, das sind mehr als 50 Generationen. Die ältesten Teile der Bibel sind ungefähr 3400 Jahre alt.

Die Einzigartigkeit dieses Buches soll durch einige Punkte verdeutlicht werden.

Die Entstehung der Bibel:
Will man ein Buch schreiben, dann sammelt man normalerweise Material, macht eine Gliederung, schreibt das Buch und vervielfältigt es. Schreiben mehreren Autoren zusammen ein Buch, dann gibt es in der Regel umfangreiche Absprachen, Vorgaben und Redaktionssitzungen. Das war hier alles nicht der Fall, auch nicht möglich. In einem Zeitraum von ca. 1500 Jahren haben die unterschiedlichsten Schreiber, z.B. Politiker, Könige, Hirten, Fischer, Rabbiner, ein Arzt und ein Zöllner, ungebildete und gebildete Menschen in den unterschiedlichsten Kulturen, auf Reisen, im Krieg, im Frieden, in Freude und Trauer und in drei verschiedenen Sprachen (Hebräisch, Aramäisch und Griechisch) an diesem Buch mitgeschrieben. Und als alle Werke fertiggestellt waren, war eine wunderbare Einheit entstanden.

Die Einheit der Bibel:
Wie konnten diese unterschiedlichsten Verfasser über einen so langen Zeitraum ohne Plan und Absprache ein Werk mit einer solchen Einheit erstellen? Das ist umso unbegreiflicher, hält man sich vor Augen, dass die Autoren über hunderte umstrittene Themen schrieben; fragt man heute zwei Experten, dann erhält man nicht selten drei Meinungen. Wie durch ein Wunder zieht sich ein roter Faden durch die Bibel und beantwortet Fragen wie: Wer ist Gott, wer ist der Mensch, woher kommen wir und was ist das Ziel unsere Lebens? Das zentrale Thema, Jesus Christus, unser Schöpfer, unser Erlöser, der Mittler zwischen Gott und uns Menschen, durchzieht das Alte und das Neue Testament. Woher kommt diese unglaubliche Harmonie?

Die Aktualität der Bibel:
Wie viele antike Bücher gibt es, die in unserer Zeit für unser Leben aktuell sind? Die Bibel wurde in einer ganz anderen Zeit und Kultur geschrieben. Wie kann es dann sein, dass sie durch die Jahrhunderte und Jahrtausende hindurch für die Leser immer aktuell war, in den unterschiedlichsten Lebenssituationen, in Kriegs- oder Friedenszeiten, im Mittelalter und in unseren modernen Zeit? Welches Buch kann man kleinen Kindern vorlesen und gleichzeitig lesen auch Erwachsene darin? Welches Buch wird von einfachen Menschen verstanden und gleichzeitig verwundern sich Gelehrte über seinen tiefsinnigen Inhalt?

Die Verbreitung der Bibel:
Die Bibel war eines der ersten Bücher, welches übersetzt wurde. Bereits 250 v. Chr. wurde das gesamte Alte Testament in die griechische Sprache übersetzt und es entstand die Septuaginta. Bis heute ist die Bibel oder Teile von ihr in insgesamt 1600 Sprachen übersetzt. Sie wurde mit Abstand von mehr Menschen gelesen und in größeren Mengen verbreitet, als jedes andere Buch auf dieser Welt, und das, obwohl immer wieder versucht wurde, dieses Buch zu vernichten.

Die Überlieferung der Bibel:
Wenn wir klassische Werke der Antike betrachten, dann liegen heute allenfalls ein Dutzend Handschriften vor, die aber gewöhnlich mindestens tausend Jahre jünger sind als die ursprüngliche Schrift. Das heißt, über eine Lücke von mehr als tausend Jahren kann nicht nachvollzogen werden, in wieweit die Kopie mit dem Original übereinstimmt. Bei der Bibel ist das ganz anders. Vom neuen Testament gibt es mehr als 6000 Handschriften und die Zeitlücke zwischen dem entstehen des Originals bis zur vorliegenden Handschrift wird auf weniger als 50 Jahre reduziert. Vom Alten Testament gibt es nicht so viele Handschriften, aber diese wurden viel sorgfältiger aufbewahrt. Wenn man die Ergebnisse der Bibelforschung, die sensationellen Funde von fast allen Teilen des Alten Testamentes in den Höhlen von Qumran, die Entdeckung der Tontafeln von Ebla und vieles mehr zusammenfasst, dann kann man gesichert davon ausgehen, dass wir heute unverändert

den gleichen Text vorliegen haben, wie er über 1500 Jahre im Original aufgeschrieben wurde. Und das trotz der heftigen Verfolgung im Römischen Reich, dem Verbot dieses Buches während des Mittelalters durch die römische Kirche und der modernen Bibelkritik sowie des Rationalismus.

Der moralische Charakter der Bibel:
Die Bibel ist einzigartig in ihrem moralischen Anspruch. Das ist umso verwunderlicher, weil diese moralische Lehre den Neigungen des natürlichen Menschen konträr entgegensteht. Seine Feinde zu lieben und Gutes zu tun denen, die einen hassen, ist ebenso revolutionär wie der Gedanke, dass bereits begehren mit dem Auge Ehebruch und hasserfüllte Worte mit Mord gleichzusetzen sind. Wer würde sich freiwillig so hohe Ansprüche setzen. Die Bibel zeigt den Menschen wie er ist, beschönigt nicht und nennt die Sünde beim Namen. Auch das stand ganz im Gegensatz zu den Gepflogenheiten der damaligen Zeit, wo in Chroniken nur die guten Seiten von Menschen hervorgehoben wurden. Die biblische Antwort auf diesen moralischen Anspruch ist, dass wir alle Sünder sind, Gott selbst aber durch das Leben und Sterben seines Sohnes die Strafe der Sünde, den Tod, übernommen hat. Er bietet uns die Erlösung als Geschenk an und will durch die Kraft des Heiligen Geistes neue Menschen aus uns machen.

Die Glaubwürdigkeit des Inhaltes der Bibel:
Das ist sicherlich das schwierigste Thema, über das sich jeder Mensch sein eigenes Urteil bilden muss. Im weiteren Verlauf meiner Geschichte werde ich gerade auf diesen Punkt immer wieder zurückkommen. Hier möchte ich aber schon einmal zwei Hinweise geben. Zum einen sind die historischen Ereignisse und Personen teilweise auch in außerbiblischen Geschichtsquellen belegt oder durch die Ausgrabungen von Archäologen bestätigt worden. So gibt es heute beispielsweise keinen Zweifel darüber, dass in der Zeit von 3 v. Chr. bis 30 n. Chr. ein Mann namens Jesus tatsächlich gelebt hat, der predigte, Wunder wirkte, der von den Römern auf das Bestreben der Juden hin gekreuzigt wurde und dessen Grab am dritten Tag leer war. Ob Jesus wirklich Gottes Sohn war,

darüber muss jeder selbst eine Glaubensentscheidung treffen. Sollte er nicht Gottes Sohn gewesen sein, was er aber selbst von sich behauptete, dann wäre er folglich nur ein Hochstapler gewesen und man müsste sich fragen, wie ein Betrüger so eine moralisch herausragende Lehre entwickeln und selbst vorleben konnte; ein Widerspruch in sich, wie ich meine. Eine andere Tatsache, die zum Nachdenken anregt ist, dass in der Bibel immer wieder Vorhersagen über zukünftige Ereignisse getroffen wurden, die sich dann auch erfüllt haben. Und das reicht bis in unsere heutige Zeit. Und man muss sich schon die Frage stellen, wie z.B. Daniel mehr als 500 Jahre vor Christi Geburt dazu kam, über unser heutiges Europa zu schreiben und über das Papsttum, und wie Johannes über Amerika und die UNO berichten konnte. Aber dazu später.

Mir wurde schnell klar, dass die Bibel wirklich in jeder Hinsicht ein außergewöhnliches Buch ist und ihre Existenz und ihr Inhalt nicht durch natürliche Umstände zu erklären sind, sondern vom Wirken der göttlichen Kraft Zeugnis geben.

Was mich an diesem Buch aber noch mehr fasziniert hat, war die Tatsache, dass diese Worte lebendig sind. Sie hatten die Kraft in sich, mich als Menschen zum Positiven zu verändern und da stehe ich nur in einer langen Reihe von Millionen von Menschen. Die Worte in diesem Buch haben wirklich schöpferische Kraft, schenken wirklich Trost und Hoffnung, geben dem Leben einen Sinn und eine Aufgabe. Rückblickend erkenne ich, dass ich durch dieses Buch aus meinem rastlosen Leben zur Ruhe gekommen bin.

Auf meiner Suche nach der Wahrheit war ich einen entscheidenden Schritt weitergekommen. Für mich stand jetzt fest, die Bibel, das Buch der Bücher, ist wirklich das Wort Gottes, in dem sich Gott uns Menschen offenbart. Sie sollte für mich das Fundament für meine Suche nach der Wahrheit, ja die Quelle der Wahrheit sein. Wie wichtig dieses Fundament für mich werden würde, konnte ich zu diesem Zeitpunkt noch nicht wissen. Aber ich würde bald erleben, dass dieses Fundament fest gegründet ist und nicht wankt, egal was geschieht. Das Wort Gottes würde mir nicht nur Wegweisung, Trost und Hoffnung schenken, es würde mich auch immer wieder zurechtweisen und schrittweise einen neuen Menschen aus mir machen. Ich habe mir damals vorgenommen, alles, was ich erkennen würde, anzunehmen und zu versuchen, es in meinem Leben umzusetzen. Ich hatte jetzt die innere Sicherheit, die ich brauchte, um mit dem Wort Gottes arbeiten zu können. Jetzt erst wurde mir auch bewusst, was das Wort „Glauben" bedeutet. In meinem bisherigen Leben habe ich so vieles einfach geglaubt, von anderen Menschen, den Medien, dem Zeitgeist, ungeprüft in mein Leben übernommen, ohne zu hinterfragen, ohne zu prüfen. Ich denke, dass ich einfach zu bequem dazu gewesen war oder mich hatte die Wahrheit gar nicht wirklich interessiert. Ist es nicht manchmal wirklich leichter die Augen zuzumachen?

„Glauben heißt nichts wissen", habe ich früher immer gescherzt. Jetzt erkannte ich, dass diese Aussage durchaus zutrifft, aber nicht ganz vollständig ist. Glauben heißt einerseits, nicht alles bis ins Letzte beweisen zu können – sonst wäre es auch kein Glaube, und andererseits heißt es, gerade trotzdem zu glauben. Ich entschied mich jedenfalls an Gottes Wort zu glauben und hatte zu diesem Zeitpunkt nicht die leiseste Ahnung, wie das mein Leben wirklich verändern würde.

Durch den Glauben gibt es für jedes Problem eine Lösung. Der Zweifel macht aus jeder Lösung ein Problem.

Wir sind heute wieder an den Strand gefahren. Die Kinder haben jetzt noch eine Woche Ferien, dann beginnt wieder die Schule. Die schönen Tage muss man einfach ausnutzen. Obwohl die Sonne auch heute vom Himmel herab brennt, sodass man es nur im Schatten länger aushalten kann, kündigt sich schon langsam der Herbst an. Am Morgen ist es jetzt angenehm frisch und dicke Tautropfen bedecken Tisch, Stühle, Gras und Blätter. Auch die ersten Morgennebel kriechen gespenstisch über das Land, bevor sie den befreienden Strahlen der Sonne weichen müssen.
Am Horizont zieht gerade ein Segelboot vorbei, lautlos und majestätisch. Ich beobachte wieder die Menschen, die vereinzelt von dem kleinen Dorf den Naturstrand entlang kommen, um sich einen Badeplatz für diesen Tag zu suchen. Aber eigentlich sind meine Gedanken schon wieder ganz wo anders. In letzter Zeit kreisen sie immer um das gleiche Thema: meine Geschichte.

Ich muss zurückdenken an meine erste bewusste Glaubensentscheidung, die Bibel als das Wort Gottes anzunehmen. Eigentlich hatte ich damit schon den Boden der katholischen Kirche verlassen. Erst später würde ich herausfinden, dass dieser Grundsatz „sola scriptura, die Schrift allein", das Glaubensfundament der Protestanten war und für die katholische Kirche die Bibel bei Weitem nicht mehr diese Autorität besaß. Für die Kirche ist vor allem die eigene Tradition maßgeblich, also das, was die Kirchenväter und Päpste verkündigten. Ja, das ging sogar so weit, dass Päpste behaupteten über der Schrift zu stehen und die Gebote und Anweisungen Gottes ändern zu dürfen, was auch in der Kirchengeschichte mehrmals geschehen ist. So wurde z.B. das 4. Gebot, den Sabbat zu heiligen, im Konzil von Laodizea (336 n. Chr.) geändert und der Ruhetag einfach auf den Sonntag verlegt.[2] Diesen Tag hatte Kaiser Konstantin kurz vorher bereits als Ruhetag für sein ganzes Reich verordnet, zur Anbetung der ehrwürdigen Sonne. Im gleichen Konzil wurde auch das 2. Gebot einfach entfernt, in welchem Gott die Herstellung und Anbetung von Bildern verbot. Damit war dem Bilder-, Figuren- und Reliquienkult Tür und Tor geöffnet. Das stand wiederum in krassem Widerspruch zum ersten Gebot, indem Gott fordert, „du sollst keine anderen Götter neben mir haben".

Nachdem die Christen zunächst vom Römischen Reich verfolgt und getötet worden waren, hatte sich Kaiser Konstantin zum Christentum bekehrt und den christlichen Glauben zur Staatsreligion erhoben. Damit mussten alle Heiden in Konstantins Reich diese Religion annehmen. Die römische Kirche öffnete ihre Pforten nicht nur für die Heiden, sondern auch für ihre Götzenbilder, Riten und Festtage. Götzen bekamen neue Namen von angeblichen Heiligen, Festtage angeblich christliche Ereignisse. Die Heiden fühlten sich auf diese Weise in der für sie neuen Kirche wie zuhause.

Ermöglicht wurde die Heiligenverehrung aber erst durch zwei weitere Irrlehren, die vollkommen im Gegensatz zu Gottes Wort standen. So übernahm die Kirche von den Griechen die unsterbliche Seele, obwohl Gott in seinem Wort ganz klar sagt, dass der ganze Mensch nach dem Tod schläft, bis er bei der Wiederkunft Jesu von den Toten auferweckt wird. Die unsterbliche Seele geht auf die erste Lüge Satans zurück, der bereits Eva glauben machte, sie werde nicht sterben. Gottes Wort dagegen sagt hier: Der Sünde Sold ist der Tod.

Ebenso rückte die Kirche ab von der Erlösung allein durch den Glauben und die Gnade Gottes. Sie verkündigte vielmehr, wir können durch unsere Werke errettet werden. Und das ging dann so weit, dass man sich die Erlösung mit einem Ablass auch kaufen konnte oder von den Heiligen, die selbst angeblich einen Überschuss an guten Werken haben sollen, etwas abbekommen könne, wenn man sie darum bittet.

Ich wundere mich rückblickend, wie wenig ich doch als Katholik die Lehren meiner eigenen Kirche kannte. Ich verstand z.B. unter der „unbefleckten Empfängnis" Marias einfach die Jungfrauengeburt, obwohl die Kirche damit die absolute Sündlosigkeit Marias und ihrer Mutter verkündet. Dieses Dogma war aus Sicht der Kirche notwendig, weil ein Sünder nicht buchstäblich vor Gott treten kann ohne zu vergehen. So aber konnte die Kirche nur wenig später auch das Dogma der leiblichen Himmelfahrt Marias (der „Sündlosen") rechtfertigen und damit den Grundstein für die Marienverehrung als Miterlöserin legen. Das Wort Gottes ist hierzu wieder ganz klar. Es wird uns gesagt, dass da kein Mensch ist ohne Sünde, auch nicht einer. Mir war das völlig neu und auch meiner Mutter, einer wirklich guten Katholikin. Sie bestritt vehement, dass es eine solche Lehre in der Kirche gebe.

Das Gleiche sagte sie übrigens von der Transsubstantiation; das soll bedeuten, dass sich beim Abendmahl die Hostie in der Hand des Priesters buchstäblich und tatsächlich in den Leib Christi verwandelt, und der Priester dann, indem er die Hostie bricht, Christus erneut opfert. Das ist ebenfalls vollkommen aus der Luft gegriffen und gegen die Schrift. In diesem Zusammenhang war ich aber schon etwas geschockt über den anmaßenden Ton, in dem sich die Kirche zu diesem Thema äußerte. So las ich: „Wundersame Würde der Priester: In ihrer Hand, genau wie im Schoss der gesegneten Jungfrau Maria, kommt der Sohn Gottes wieder ins Fleisch, seht euch die Macht des Priesters an! Die Zunge des Priesters macht Gott von einem Stück Brot. Dies ist mehr als die Erschaffung der Erde."[3]

Der Priester ist mehr als Gott, der die Welt erschaffen hat? Der angebliche Stellvertreter Gottes erhebt sich damit über seinen Auftraggeber. wie ich meine.

Wenn ich ehrlich bin, dann war ich ab diesem Zeitpunkt nicht mehr ganz objektiv. Für mich war klar, dass die römische Kirche nicht das Sprachrohr Gottes auf Erden sein konnte, sondern sich vielmehr über Gott erhebt und Gottes Wort verändert und verdunkelt. Ich fand es einfach unbegreiflich, wie es möglich war, dass sich die römische Kirche so weit von Gottes Wort entfernt hat, ja ihm sogar widerspricht und sich über Gott erhöht. Und weshalb haben die Gläubigen das alles mitgemacht?

Ich begann jetzt auch zu verstehen, warum die römische Kirche ihren Gliedern durch die Geschichte hindurch die Bibel auf alle nur erdenkliche Weisen vorenthalten hat, sei es durch das Verbot eine Bibel zu besitzen, unter Androhung der Todesstrafe, sei es durch die Abhaltung der Gottesdienste in der den Gläubigen nicht verständlichen lateinischen Sprache, sei es durch die Verdrängung der Schrift durch den Katechismus. Für die Gläubigen aller Zeiten war es deshalb fast unmöglich der autoritären Kirche zu widersprechen und die Irrtümer zu entdecken.

Und dennoch bleibt die Frage, wie diese Irrlehren eingeführt werden konnten, ohne dass man sie selbst heute noch nicht als solche erkennt?
Mir fällt Plato ein, der „Die Republik" geschrieben hat. Er schreibt über Sokrates, der eine Geschichte erzählt, „Die großartigen Mythen", die die Menschen dazu bringen soll, ihren jeweiligen sozialen Status zu akzeptieren. Die Sage ging in etwa so:

Als Gott die Menschen schuf, schuf er manche mit Gold, manche mit Silber und manche mit Bronze. Die mit Gold waren die Wächter, die höchste politische und soziale Ebene in der Nation. Die mit Silber waren ihre Hilfstruppen auf der nächsten Ebene. Die mit Bronze dagegen waren schließlich die unterste Klasse.

Sokrates sagte, wenn Menschen dieser Sage glauben schenken, dann würden sie immer mit ihrer Situation zufrieden sein, weil es so von Gott gewollt war. Als er gefragt wurde, ob er einen Weg wüsste, wie man die Menschen dazu bringen kann, diese Sage zu glauben, war die Antwort Sokrates eine der erschreckendsten und einsichtigsten in der gesamten antiken Literatur. „Nicht in der ersten Generation", sagte er, „aber du kannst es in der zweiten oder folgenden Generation erreichen."

Das heißt doch, gib jeder Irrlehre nur genügen Zeit und sei ausdauernd in ihrer Verkündigung, dann werden die Menschen sie als Selbstverständlichkeit in ihr Leben übernommen haben, ohne daran zu zweifeln, dass es jemals anders war.

Eigentlich eine erschreckende Erkenntnis, aber ich muss mir selbst eingestehen, dass Sokrates hier vollkommen Recht hat. Ich selbst bin mir dazu das beste Beispiel. Wir werden auch gerade dazu erzogen, auf den Erfahrungen der früheren Generationen aufzubauen und nicht alles immer grundlegend in Frage zu stellen. - Ich muss an Indien denken. Wird da mit dem Kasten-System nicht genau das praktiziert, was Sokrates in seiner Sage beschrieben hat? Und es funktioniert wunderbar.

Mich schaudert. Kann man sich denn auf nichts mehr verlassen?

Die Kinder sind gerade aus dem Wasser gekommen, haben sich abgetrocknet und wollen mit mir am Strand Ball spielen. Ich werde jetzt einmal eine Denkpause machen. Vielleicht bekomme ich auch einen guten Gedanken, wie ich all die Puzzelsteine ordnen kann, damit sie verständlich werden.

Mir ist beim Spiel ein gutes Bild eingefallen, wie ich meine. Übrigens, ich male gerne. Wenn ich an mein Hobby denke, dann habe ich bisher nur über den Keilrahmen gesprochen. Damit ein richtiges Bild entstehen kann, muss ich als nächstes die Leinwand aufspannen, auf der später das Bild entsteht.

Die Leinwand ist in diesem Fall eine andere Geschichte. Es ist eine Geschichte, die einen großen Bogen spannt, von der Zeit vor dieser Welt bis zu der Zeit nach dieser Welt. Mit unseren Augen können wir das nicht sehen, in unseren Geschichtsbüchern nicht nachlesen und durch unsere Wissenschaft nicht erforschen, aber Gott hat es uns dennoch offenbart, durch sein Wort. Es ist interessant, wie unsere Existenz aus der Perspektive Gottes aussieht, was er uns über unseren Ursprung und unser Ziel zu sagen hat, über unser Leben in dieser Welt.

Wenn dieser Bogen gespannt ist, dann ist alles vorbereitet für diese unglaubliche Geschichte

Kapitel 3
Die Geschichte der Menschheit

Es war zu einer Zeit, als es noch keine Zeit gab, so wie wir sie heute kennen. Es war irgendwo jenseits des uns bekannten Universums, jenseits unserer Vorstellungskraft und jenseits unserer Dimensionen. Wir wollen diesen Ort der Einfachheit halber Himmel nennen. Und an diesem Ort war Gott. Was wir von Gott wissen ist, dass er allmächtig ist, allwissend und allgegenwärtig. Er war schon immer und wird immer sein. Sein Charakter ist Barmherzigkeit, Gnade, Güte, Treue und Gerechtigkeit.

Gott, der Vater, sein Sohn und der Heilige Geist sind wirkliche Personen, nicht nur Kräfte und sie sind in ihrem Wesen absolut gleich. Dieses Wesen ist geprägt durch Liebe; Gott ist Liebe. Woher Gott kam, entzieht sich unserer Vorstellungskraft und wurde uns nicht offenbart.

Diese Dreieinigkeit der Liebe suchte einen Ausdruck ihrer Liebe und so schufen sie himmlische Wesen, die Engel, denen sie ihre Liebe schenken konnten. Gott stattete diese Wesen dabei mit einem freien Willen aus, damit diese die Liebe, die ihnen Gott entgegenbrachte, erwidern konnten. Obwohl damit das Risiko verbunden war, dass sich dieser freie Wille gegen Gott wenden könnte, wollte Gott lieber dieses Risiko in Kauf nehmen, als nur Roboter zu erschaffen, die darauf programmiert waren, ihn zu lieben.

Und diese geschaffenen Wesen, die Engel, gaben die ihnen erwiesene Liebe aus freien Stücken in Dankbarkeit an ihren Schöpfer zurück, dienten und huldigten ihm und gehorchten seinen Anordnungen. Alles war im Himmel in vollkommener Harmonie und mit Frieden erfüllt.

Wohl erkannte Gott in seiner Allwissenheit, dass eines Tages im Himmel selbst eine Rebellion ausbrechen würde, die sich auf andere Teile des Universums ausbreiten könnte, aber er schätzte die freiwillige Erwiderung seiner Liebe höher ein. Er hätte in seiner Allmacht diese Rebellion von Anfang an verhindern können, aber er wollte nicht manipulieren, sondern diese Rebellion vielmehr dazu nutzen, um seinen eigenen Charakter, seine Liebe und seine Gerechtigkeit den geschaffenen Wesen zu offenbaren.

Im Himmel befand sich alles in vollkommener Ordnung. Der Sohn Gottes hatte eine wunderbare Organisation aufgestellt, eine Zentralregierung, bestehend aus Gott Vater, Sohn und Heiligem Geist, und einem Premierminister, der Gottes Anordnungen und Pläne an die Cherubinen, die Seraphinen und die gewaltige Anzahl von Engeln weitergab. Der Premierminister war Luzifer, der Erste der Schöpfung, ein perfektes, wunderschön geschaffenes Wesen, ausgestattet mit großer Verstandeskraft, Herrlichkeit und Stärke. Er war der vertrauenswürdigste und engste Mitarbeiter Gottes, ein Fürst, der Erste unter den Engeln.

Und zunächst ging alles gut.

Dann ließ Gott Vater die himmlischen Heerscharen zusammenrufen, um seinem Sohn eine besondere Ehrung zuteilwerden zu lassen. Er verkündigte, dass sein Sohn ihm gleich sei und seinem Wort genauso Folge geleistet werden müsse wie seinem eigenen. Seinem Sohn habe er die Herrschaft über die himmlischen Heerscharen übergeben und sein Sohn würde die geplante Erschaffung der Erde mit allem Lebendigen ausführen, nach dem Plan des Vaters. In Luzifer kam ein Gefühl des Neides und der Eifersucht gegenüber Gottes Sohn auf. Er beugte sich zwar, aber in seinem Herzen keimte der Same von Hass. Er konnte nicht verstehen, warum er nicht bei den Treffen von Gott Vater, Sohn und Heiligem Geist dabei sein durfte, warum er nicht in die göttlichen Absichten eingeweiht wurde. Er war plötzlich nicht mehr dankbar über seine eigene erhabene Stellung als Engelsfürst, nein, er begehrte nach Gottes Hoheit zu streben.

Das war der Beginn der Rebellion, die Gott bereits vorhergesehen hatte.

Luzifer steigerte sich immer weiter in seine Hassgefühle gegen Gott hinein, zunächst im Verborgenen, dann, indem er mit anderen Engeln, die ihn immer noch bewunderten und von der Veränderung in seinem Herzen nichts bemerkt hatten, darüber sprach. Er stellte Gott in einem falschen Licht dar, bezeichnete ihn als selbstsüchtig, lieblos und ungerecht. Über Gottes Gesetz sagte er, es sei nur ein Mittel, um die Engel zu unterdrücken und er versprach, wenn er selbst die Regierungsgewalt hätte, das Gesetz abzuschaffen und den Engeln die Freiheit zu schenken.
Gott ermahnte Luzifer immer wieder und warnte ihn vor dem Weg, den er eingeschlagen hatte. Aber der ließ sich nicht beeinflussen.

Was konnte Gott machen? Hätte er die Revolution im Keim erstickt und Luzifer aus dem Weg geräumt, dann wären die von den Gedanken Luzifers bereits infizierten Engel nicht offenbar geworden und der Keim des Aufruhrs wäre weiter gewachsen. Auch hätten einige Gott vielleicht aus Angst gedient, einem Gott, der Kritiker gleich aus dem Wege räumt. Gott ließ es also in seiner Weisheit zu einem offenen Kampf im Himmel kommen, so dass sich jeder für eine Seite entscheiden musste. Luzifer hatte eine stattliche Anzahl Engel hinter sich geschart und wollte jetzt die Regierung Gottes mit Gewalt stürzen. Und so gab es Krieg im Himmel. Der Sohn Gottes und seine Engel besiegten Luzifer und dessen Anhänger. In der Folge wurde Luzifer und ein Drittel der Engel des Himmels verwiesen.

Der ganze Himmel war traurig und schockiert über den Abfall und über den Verlust so vieler liebgewonnener Engel.

Die Dreieinigkeit Gottes beriet nun, ob sie die Erde und den Menschen wie geplant erschaffen sollten. Würde sich die Rebellion Luzifers auf die Erde ausbreiten, dann wären die Menschen verloren. Der Beschluss zur Erschaffung der Erde wurde bestätigt, aber gleichzeitig wurde der Erlösungsplan ausgearbeitet. Die Menschen sollten zunächst in ihrem Gehorsam und ihrer Treue geprüft werden, ehe ihnen Unsterblichkeit verliehen würde. Sollten sie sich aus ihrem freien Willen gegen Gott und für den Ungehorsam entscheiden, dann wäre ihre Strafe nach dem unveränderlichen göttlichen Gesetz der Tod. Der Sohn Gottes würde aber in diesem Falle selbst die menschliche Gestalt annehmen, für die gefallenen Menschen ein Leben ohne Sünde leben, und für sie mit seinem eigenen Tod am Kreuz die Strafe der Sünde bezahlen. Jeder, der dieses Gnadengeschenk im Glauben annehmen würde, könnte für die Ewigkeit gerettet werden. Damit würden die schrecklichen Folgen der Sünde und der eigentliche Charakter Satans dem ganzen Universum vor Augen gestellt, gleichzeitig aber auch die unendliche Liebe, Gnade, Güte und Barmherzigkeit Gottes.
Als Luzifer von diesem Plan erfuhr, frohlockte er. Für ihn war das die Gelegenheit für eine Revanche. Sein blinder Hass würde sich natürlich gegen die neu erschaffenen Menschen wenden, um sie zum Abfall zu verführen. Dann wären die Menschen ebenfalls aus der Gemeinschaft Gottes ausgestoßen. Er würde den Erlösungsplan durchkreuzen, indem er entweder die Geburt des Sohnes Gottes verhindern würde oder, sollte das misslingen, indem er die Chance hätte, erneut gegen den Sohn Gottes zu kämpfen, aber dann, wenn dieser sich in der menschlichen Gestalt befindet und keine Unterstützung der himmlischen Heerscharen hätte. Würde er ihn vernichten oder zur Übertretung des Gesetzes Gottes verleiten und so den Erlösungsplan durchkreuzen, dann könnte er die neu erschaffenen Erde aus Gottes Hand reißen, dort sein Hauptquartier aufschlagen und seine Ziele als Gott dieser Welt verwirklichen. Luzifer wollte selbst Gott sein und

Macht ausüben und er wünschte sich, dass sich zumindest die Menschen vor ihm beugen und ihn als Gott anbeten.

Und Gott erschuf diese unsere Welt und mit Adam und Eva die ersten Menschen; nach dem Bilde Gottes schuf er sie als Mann und Frau. Durch seinen Sohn erschuf er die Welt und alles, was darinnen ist in sechs Tagen, und mit den Tagen auch unsere Zeit. Am siebenten Tag vollendete er die Schöpfung und ruhte an diesem Tag. Gott schenkte diesen Tag den Menschen als Gedenktag dafür, dass Gott unser Schöpfer ist. Der siebente Tag sollte ein ewiges Zeichen zwischen Gott und den Menschen sein.

Und es war alles sehr gut und vollkommen, als es aus der Hand des Schöpfers hervorging. Das erste Menschenpaar dankte Gott, seinem Schöpfer, betete ihn an und hörte auf seine Unterweisungen. Gott hatte für die Menschen einen wunderbaren Garten gepflanzt, mit allen erdenklichen Fruchtbäumen und dazu den Baum des Lebens. Als Prüfung für ihren Gehorsam und ihre Treue hatte Gott ihnen aber geboten, nicht vom Baum in der Mitte des Gartens zu essen, dem Baum der Erkenntnis des Guten und Bösen. Er sagte ihnen ausdrücklich, dass sie bei Ungehorsam des Todes sterben müssten. Gott warnte das erste Menschenpaar auch vor Luzifer. Er erzählte ihnen von der Rebellion im Himmel, dem Kampf und dem Fall dieses einst höchsten Engels. Sicherlich würde er versuchen Adam und Eva zum Ungehorsam zu bewegen.

Luzifer, den wir im Folgenden Satan nennen wollen, denn er war ja nicht mehr der Lichtträger Gottes, sondern dessen Widersacher und ein Rebell geworden, näherte sich den Menschen an diesem verbotenen Baum in Form einer Schlange. Er verführte sie dazu, Gottes Gebot zu übertreten. Satan ging dabei mit aller List vor. Er erschlich sich ein Gespräch mit Eva und er belog sie, indem er sagte, sie werde nicht sterben, wenn sie von der verbotenen Frucht esse. Er selbst hätte davon gegessen und sei ja auch nicht gestorben, sondern hätte als Schlange eine höhere Daseinsstufe erreicht und könne jetzt sogar sprechen. Satan stellt Gott wieder als ungerecht dar, der den Menschen die Möglichkeit vorenthalten wolle, durch das Essen der Frucht selbst wie Gott zu werden und so die Unsterblichkeit zu erlangen.

Eva ließ sich betören und Adam folgte, der Ernstfall war eingetreten, der Plan Satans schien aufzugehen. Der ganze Himmel war erneut mit Trauer erfüllt über den Fall der Menschen und über die ernsthaften Folgen, die diese Gesetzesübertretung nach sich ziehen würde. Der Sohn Gottes kam selbst und sprach mit den Gefallenen. Adam und Eva beschuldigten sich zuerst gegenseitig, waren dann aber voll Reue und hätten das alles gerne ungeschehen gemacht, aber dafür war es jetzt zu spät. Der Sohn Gottes erklärte Adam und Eva den Erlösungsplan. Er selbst würde Menschengestalt annehmen und die Todesstrafe an ihrer Statt auf sich nehmen. Sie sollten forthin ein Leben im Gehorsam gegenüber Gottes Gebote führen und ihre ganze Hoffnung auf die Erlösung durch das Opfer des Sohnes Gottes setzen. Um das zu veranschaulichen gebot er ihnen, ein unschuldiges Lamm zu opfern und dieses Gott als Glaubenszeugnis zum Brandopfer darzubringen. Das vergossene Blut des unschuldigen Lammes sollte durch die Geschichte hindurch ihre Nachkommen an die Hoffnung des Kommens des Erlösers, des Lammes Gottes, erinnern, der sein Blut für die Sünden der Welt vergießen würde. Dieses Opfer sollte die Menschen auf den einzigen Weg hinweisen, wie der gefallene Mensch Vergebung und Erlösung erlangen und wieder in die Gemeinschaft Gottes zurückkommen könne, auf Jesus Christus.

Der Sohn Gottes informierte das gefallene Menschenpaar auch über Satans Absichten, diesen Erlösungsplan zu durchkreuzen und gegen die treuen Nachfolger Gottes zu kämpfen. Das würde ihm aber nicht gelingen. Der Sohn Gottes würde letztlich den Sieg erringen und Satan und die Sünde für immer ausrotten.

So begann die Geschichte unserer Menschheit und damit der große Kampf zwischen dem Sohn Gottes und den getreuen Menschen einerseits und Satan mit seinen Engeln und den ungehorsamen Menschen andererseits. Über 4000 Jahre lang versucht Satan mit allerlei Verführungen und Intrigen die getreuen Nachfolger Gottes auszurotten. Immer wieder verführte er Getreue zur Übertretung des Gesetzes, zur Rebellion, zum Götzendienst. Es gelang ihm, Gott und sein Gebot in einem falschen Licht darzustellen und die Menschheit dazu zu verführen, selbst danach zu streben, wie Gott zu sein, selbstsüchtig nach der Macht zu greifen, ihr Leben selbst bestimmen zu wollen und sich selbst zu verwirklichen. Er wandte dabei die unterschiedlichsten Strategien an, die direkte Vernichtung der Getreuen oder die Entwicklung falscher Anbetungssysteme und Religionen, die meist auf einer Selbsterlösung aus eigener Kraft basierten. Er veranlasste die Menschen in gräulichen Ritualen, die von unmoralischen Handlungen bis hin zu Menschenopfern reichten, Götzenbilder anzubeten. Satan versuchte damit immer wieder die Anbetung der Menschen von Gott abzulenken und auf sich zu konzentrieren. Auch schlich er sich in das Lager der Getreuen ein und versuchte die Aufmerksamkeit von Gottes Lamm abzulenken. Die Erlösung durch den Glauben sollte durch die Erlösung aufgrund eigener Werke ersetzt werden. Doch es gelang ihm nicht, alle Menschen zu verführen. Wenn es auch oft nur noch wenige Getreue waren, so trugen sie doch die Verheißung des kommenden Messias Generation um Generation weiter.

Als die Zeit erfüllt war, sandte Gott seinen Sohn in diese Welt, Jesus Christus. Die Oberen, Pharisäer und Schriftgelehrten waren es nicht, die den Messias mit Freuden erwarteten. Sie waren den Angriffen Satans bereits erlegen. Es waren Hirten und einfache Menschen, ein kleines Häuflein an Getreuen. Satan nahm den Kampf sofort auf. Durch Herodes ließ er alle Neugeborenen in Bethlehem töten, doch Jesus war vorher von seinen Eltern in Sicherheit gebracht worden. Als es Zeit war seinen Dienst anzutreten, bereitete sich Jesus in der Wüste durch ein 40-tägiges Fasten vor. Am Ende dieser Zeit, als er am schwächsten war, glaubte Satan, der geeignete Moment sei gekommen. Er ging zu Jesus um ihn zu versuchen. Er wollte ihn jetzt endlich zu Fall bringen. Satan bot Jesus an, ihm kampflos die Welt zu überlassen. Er führte ihm alle Reiche dieser Welt vor Augen und sagte, er würde sie ihm freiwillig geben und damit könnte sich Jesus seinen grausamen Opfertod am Kreuz ersparen. Alles was Jesus dafür tun müsse, sei niederzufallen und ihn anzubeten. Aber Jesus widerstand den Versuchungen Satans durch die Kraft des Wortes Gottes.

Immer wieder versuchte Satan Jesus in seinem Dienst zu Fall zu bringen oder zu vernichten. Aber Jesus führte in der menschlichen Gestalt ein Leben ohne Sünde und er offenbarte durch sein Leben und Wirken das Wesen des Vaters, voll Güte, Gnade, Barmherzigkeit und Liebe.

Satan kämpfte verzweifelt. Er hetzte schließlich die Oberen und das Volk auf, Jesus zu kreuzigen. Er hoffte, in Todesangst würde der Messias vor der Vollendung seines Werkes zurückschrecken. Aber Jesus widerstand abermals und trug als unschuldiges Lamm Gottes die Sündenlast dieser Welt hinauf aufs Kreuz und starb für die Menschen, vergoss sein Blut, um für die Todesstrafe der gefallenen Menschheit zu bezahlen. Mit seinen letzten Worten rief er aus: „Es ist vollbracht".

Nach seiner Auferstehung von den Toten am dritten Tag, wie es die Propheten vorhergesagt hatten, ging er zum Vater zurück, um eine Bestätigung dafür zu erhalten, dass sein Blut als Lösegeld für die Sünden der Menschen akzeptiert wird und alle Menschen, die ihre eigene Sündhaftigkeit zugeben und bereuen, von nun an durch das Blut Jesu gerechtfertigt werden und wieder ewiges Leben erlangen können.

Als Jesus als Sieger zurückkam, konnte sich der Himmel wieder freuen und die Engel bereiteten dem Heiland einen triumphalen Empfang.

Für Satan war das eine schwere Niederlage. Sein Plan war misslungen. Aber er hegte eine neue Hoffnung. Jesus hatte seinen Getreuen aufgetragen, die frohe Botschaft des Evangeliums in die Welt hinauszutragen, damit jeder Mensch die Möglichkeit zur Umkehr erhält. Gott würde niemanden zu seinem Glück zwingen, es sollte aber auch niemand die Ausrede haben, er hätte von der Möglichkeit der Erlösung nichts gewusst.

Satan sah seine letzte Chance jetzt darin, die Verbreitung des Evangeliums zu verhindern und die Menschen davon abzuhalten, sich Gott zuzuwenden. Wenn sich niemand zu Gott bekehrt oder wenn es den angeblich Bekehrten nicht gelingt, dem Beispiel Jesu zu folgen und durch die von Gott verheißene Kraft ein Gott gehorsames Leben zu führen, dann war auch erwiesen, dass Gottes Gesetz unmöglich zu halten ist. Gott wäre deshalb ungerecht, wenn er die Einhaltung des Gesetzes forderte. Vielleicht war das der letzte Strohhalm, um doch noch Gottes Regierung zu stürzen oder zumindest die Herrschaft über die Erde zu verteidigen.

Satan machte sich deshalb mit großem Zorn daran, gegen die Übrigen von Gottes Getreuen zu kämpfen. Wieder verwendete er ganz unterschiedliche Strategien. Wie schon in der Vergangenheit, gebrauchte er zur Umsetzung seiner Pläne die Unterstützung von Menschen, politischen, militärischen und geistlichen Systemen.

Er instrumentalisierte zunächst das Römische Reich, um die Christen zu verfolgen und auszurotten. Im finsteren Mittelalter benutzte er sogar die angeblich christliche Kirche, um das Wort Gottes zu verdunkeln, die Getreuen zu verfolgen und zu töten und die Menschheit durch die Änderung von Gottes Gesetz schrittweise in den Götzendienst zu führen. Später nutzte er Wissenschaft und Technik, um durch neue Erkenntnisse vom Schöpfergott abzulenken und den Menschen so sehr mit sich selbst zu beschäftigen, dass er Gott nicht mehr brauchte. Durch die Einrichtung von weltweiten Geheimorganisationen gewann er die Gewalt über alle Bereiche der menschlichen Zivilisation und nahm damit Staatsmänner, Parteien, Wirtschaftsunternehmen, Organisationen und vieles mehr für seine Zwecke in Anspruch.

Doch immer wieder standen Getreue Gottes auf, die Übrigen, die Gottes Gebote halten und sich an seinem Wort orientieren.

In seinem letzten Angriff beabsichtigt Satan die ganze Welt ins totale Chaos zu führen: wirtschaftlich, politisch, gesellschaftlich und auch durch die Zerstörung der Umwelt. So kommt es zu Weltkriegen, wirtschaftlichen und ökologischen Katastrophen, deren Ausmaße immer weiter zunehmen. Durch den Okkultismus und Spiritismus verdunkelte Satan die Wahrheit fast vollständig. Er zerstörte das soziale Gleichgewicht und die von Gott eingesetzte Ehe und Familie. Er treibt den Demokratiegedanken so weit voran, bis das totale Chaos entsteht; der Verbrecher wird so viele Rechte haben, dass er schließlich nicht mehr belangt werden kann. Wenn die Menschheit am verzweifelsten ist, wird sie sich nach einem Führer sehnen. Satan wird dann die Schuld für diese Zustände auf die Übrigen, die getreuen Nachfolger schieben, da diese immer noch fanatisch an der Bibel und an ihrem Glauben an Gott festhalten, diesem Gott, der angeblich ungerecht ist und die Menschheit nur unterdrücken möchte. Er selbst wird anbieten, die Herrschaft über diese Welt zu übernehmen und alles zu bessern. Was er dafür verlangt, ist Anbetung und Gehorsam.

Satan wird schließlich selbst als Engel des Lichts auf der Erde an verschiedenen Orten erscheinen und behaupten, er sei der erwartete Messias. Er wird mit sanfter Stimme sprechen, viele Kranke heilen und die Bibelfanatiker ebenfalls verurteilen und sie so ihrer Vernichtung preisgeben.

Doch auch dieser letzte Plan misslingt. Die Übrigen werden standhaft bleiben. Sie wissen aus Gottes Wort genau, wie ihr Erlöser wiederkommen wird. Sie fallen auf diese Täuschung nicht herein. Bevor Satan sein Zerstörungswerk vollenden kann, wird Jesus zum zweiten Mal auf diese Erde kommen. Dieses Mal aber als König, um die gerechten Toten aufzuerwecken und zusammen mit den gerechten Lebenden in den Himmel zu nehmen. Jesus wird mit all seinen Engeln in Herrlichkeit wiederkommen, so dass alle Augen ihn sehen können. Er wird die Erde dabei nicht betreten, sondern die Geretteten zu sich auf die Wolke holen. Alle übrigen lebenden Menschen werden zu spät erkennen, dass sie verführt wurden und sie werden beim Anblick des Herrschers des Universums vergehen.

Während Jesus seine Kinder in den Himmel zur heiligen Stadt bringt, bleibt Satan auf der völlig zerstörten Erde alleine zurück. Er hat jetzt tausend Jahre die Gelegenheit über seine Rebellion, die Zerstörung, die dadurch angerichtet wurde und über seine Sünde nachzudenken. Er wird in dieser Zeit die Erde nicht verlassen können, sondern rastlos auf ihr umherirren. Im Himmel werden die Erlösten in diesen 1000 Jahren Gericht halten über Satan, die abgefallenen Engel und die Menschen, welche die Erlösung durch Jesus Christus ausgeschlagen haben. Jeder Fall wird sorgfältig geprüft, um so die Gerechtigkeit Gottes dem ganzen Universum zu offenbaren.

Nach den 1000 Jahren kommt Jesus mit den Heiligen und den himmlischen Heerscharen erneut auf diese Erde zurück. Die toten Sünder werden jetzt ebenfalls zum Leben erweckt und hören zusammen mit Satan und seinen Engeln das Urteil über sich. Dann wird die Strafe vollzogen und in einem großen Feuermeer werden die Abtrünnigen und die Sünde für immer aus dem Universum ausgetilgt und den ewigen Tod erleiden. Auch unsere alte, gezeichnete Erde wird in dem Flammenmeer gereinigt.

Und dann wird Gott eine neue Erde schaffen, noch schöner als die erste Erde. Das Einzige, was noch an die alte Erde und an die Sünde erinnern wird, werden die Wundmale Jesu sein, die er in Ewigkeit tragen wird.

Frieden und Harmonie wird wieder in das Universum einkehren. Für alle Ewigkeit wird feststehen, Gott ist Liebe.

❖ ❖ ❖ ❖ ❖

Heute regnet es etwas. Wir sind zuhause. Die Kinder haben schon ihre Schreibtische aufgeräumt, die Unterlagen vom letzten Schuljahr weggepackt und alles für den Schulanfang vorbereitet. Noch eine Woche Ferien, dann beginnt wieder der Ernst des Lebens. Auch ich werde mich dann wieder mehr der Feldarbeit widmen. Die Mandeln sind jetzt reif zur Ernte und das Johannisbrot. Bald werden auch die Kakis so weit sein. Darauf freut sich schon die ganze Familie. Die Kartoffeln müssen ebenfalls in die Erde, Weihnachten gibt es dann die nächste Ernte.

Für mich ist es beruhigend zu wissen, dass Gott Noah nach der Sintflut versprochen hat, dass niemals mehr aufhören wird, Saat und Ernte, Frost und Hitze, Sommer und Winter, Tag und Nacht, solange diese Welt besteht. Und Gott hält seine Versprechen. Er ist zuverlässig und treu, das dürfen wir jeden Tag erleben. Auch wenn die Welt aus den Fugen zu geraten scheint, er lässt uns nicht allein. Und Gott wird uns auch im Sturm der Zeit bewahren, bis er endlich kommt, um uns zu sich nach Hause zu holen.

Ich muss wieder an die Geschichte denken, die Geschichte dieser Welt. Es ist einfach unglaublich, was sich hinter den Kulissen wirklich abspielt. Ist unsere Welt, ja die gesamte Menschheit wirklich das Angriffsziel Satans und wird Gott seine Getreuen bewahren? Ist diese Geschichte wirklich so einfach, kann man denn das Wort Gottes heute noch ernst nehmen? Wer glaubt noch an eine Schöpfung in buchstäblich sieben Tagen, und wer glaubt noch an die Geschichte von Adam, Eva und der Schlange? Sind das nicht nur Bilder, um nicht gleich das Wort „Märchen" zu gebrauchen?

Andererseits ist doch auch die Frage berechtigt, was macht uns eigentlich so sicher, dass es nicht so war? Immerhin steht es so im Worte Gottes und wie wir gesehen haben, kann man nicht sagen, dass dieses Buch in seinen

Aussagen nicht zuverlässig wäre. Sicherlich, da sind viele, vor allem wissenschaftliche Argumente, die dagegen zu sprechen scheinen, aber können wir sicher sein, dass die Wissenschaft wirklich Recht hat? Es gibt heute neben der Evolutionstheorie auch sogenannte Kreationisten. Das sind hochkarätige Wissenschaftler, die sehr gute Argumente dafür haben, dass die Evolution nicht funktionieren kann; und die Evolutionisten haben dem nichts zu erwidern. Selbst wenn man die erwiesene physikalische und chemische Unmöglichkeit des Entstehens von Leben in einer „Ursuppe" beiseitelässt, dann bleibt immer noch das Zufallsprinzip; alles soll sich selbständig aus einem Urknall durch Zufall entwickelt haben. Dazu muss man mehr Glauben aufbringen, wie ich finde, als an einen Schöpfer zu glauben. Denkt man nur daran, dass die Wahrscheinlichkeit, dass sich auch nur ein einziger, winziger Baustein des Lebens durch Zufall selbständig entwickelt haben soll, ungefähr vergleichbar ist mit der Wahrscheinlichkeit, dass eine Müllhalde explodiert und sich dann aus den herumfliegenden Teilen zufällig und ganz selbständig ein funktionsfähiger Jumbojet zusammensetzt. Ein Baustein allein würde natürlich nicht ausreichen. Zunächst hätten sich jeweils mit der gleichen unmöglichen Wahrscheinlichkeit auch die anderen Bausteine formen müssen, und selbst wenn sich diese Bausteine formen hätten können, dann müssten sich wiederum durch Zufall so komplexe Dinge, wie z.B. der Stoffwechsel oder das Auge von alleine entwickeln? Kein vernünftiger Mensch sollte das glauben. Selbst Darwin hat durchaus auch die Schwächen in seiner Theorie gesehen. Wie konnte sich dann die Evolutionstheorie bis heute so behaupten? Es war Satans Interesse durch diese Theorie den Schöpfergott in die Ecke zu stellen. So hat er dafür gesorgt, dass diese Lehre unaufhörlich propagiert wurde. Und die Menschen haben diese Lehre gerade so, wie Sokrates das in so erschreckender Weise festgestellt hatte, nach der zweiten und dritten Generation als Wahrheit übernommen. Heute wird die Evolutionslehre von den meisten Menschen als wissenschaftlich bewiesene Erkenntnis abgehakt, der biblische Schöpfungsbericht dagegen als Märchen abgetan.

Die katholische Kirche hat ihren Teil dazu beigetragen, indem der Papst erklärt, der Mensch sei durch die Evolution aus einer Ursuppe entstanden, und als er da war, hat Gott seinen Geist in ihn hineingelegt. Der biblische Bericht ist nur eine Metapher, um diese Abläufe zu beschreiben.

Ich bin jedenfalls froh zu wissen, dass ich nicht durch Zufall vom Affen abstamme sondern, dass es da jemanden gibt der mich geschaffen hat und der mich liebt.

Ebenso steht die Geologie mit ihren Abläufen in Jahrmillionen längst im

Abseits, da zwischenzeitlich erwiesen ist, dass die heutige Erdoberfläche und ihre Schichten sehr rasch in einer Katastrophe durch Vulkanausbrüche, Hebungen und Senkungen der Oberfläche und gewaltige Wassermassen, die die ganze Erde bedeckten, geformt wurden.
Die Bibel spricht von so einer solchen Katastrophe, der Sintflut. Und die Lebewesen, die sich über Jahrmillionen vom Einzeller bis zum komplexen Säuger weiterentwickelt haben sollen, treten in den von dieser Katastrophe geformten Sedimentschichten plötzlich, und in ihrer ganzen Vielfalt gleichzeitig auf; für die Paläontologie gibt es dafür keine Erklärung. Ihrer Theorie nach hätten die unterschiedlichen Lebewesen nacheinander auftreten müssen, weil ja die niedrigeren Stufen sich durch Evolution und Selektion zu höheren Stufen weiterentwickelt haben; also doch Schöpfung in sieben Tagen? Würde ein vernünftiger Mensch nicht weiterfragen, z.B. wodurch entstand der Urknall und was war vor dem Urknall? Müsste nicht alleine mit dieser Frage die ganze Theorie zusammenbrechen? Wo bleibt hier der rationale Verstand?
Oder woher kommen die physikalischen und chemischen Gesetze, wer hat sie sich ausgedacht?

Ich muss zugeben, für mich war es damals auch nicht einfach, die ganzen Erkenntnisse der Wissenschaft in Zweifel zu ziehen. Wir verlassen uns heute immer mehr auf die Spezialisten. Die Fachgebiete, mit denen sich die Spezialisten heute auseinandersetzen werden immer kleiner und das Wissen über diese Bereiche immer größer. In einem Witz heißt es dazu, das geht so weiter, bis ein Spezialist bald über gar nichts mehr alles weiß. Aber Spaß beiseite, man sollte wirklich nicht so leichtgläubig sein. Es gibt sehr gute Argumente, die man auch als Nichtwissenschaftler verstehen kann und die gegen die etablierten Theorien sprechen. Leider erfährt man davon aber in der Regel nichts, ist auch logisch, das würde auch nicht in Satans Plan passen.
Es gibt heute immer weniger Menschen, die den Überblick bewahren und noch fachübergreifende Zusammenhänge verstehen können. Wieweit könnte der Mensch mit der ihm von seinem Schöpfer mitgegebenen Gehirnkapazität kommen, wenn er bei seinem Forschen Gott und sein Wort nicht verleugnen würde? Ich habe mich jedenfalls damals mit diesem scheinbaren Widerspruch nicht abgefunden, sondern habe mich auf die Suche begeben. Ich habe Bücher gelesen, Videos angeschaut und Vorträge besucht und bin sehr schnell fündig geworden. Danach bin ich zu dem eindeutigen Entschluss gekommen, dass die Bibel mit ihrem Schöpfungsbericht für mich glaubwürdiger ist, als die Theorien der Wissenschaft.

Ich hatte meine zweite wichtige Glaubensentscheidung getroffen und damit einen weiteren Schritt in die Freiheit gemacht. Satan versucht die Menschen zu binden, aber das Wort Gottes macht wirklich frei. Mein Fundament der Wahrheit hatte sich im ersten großen Sturm als standfest und zuverlässig erwiesen.

Nachdem ich jetzt den großen Bogen, die Leinwand über den Keilrahmen, gespannt habe - und die einzige Quelle, die ich dafür angeben kann, ist die Bibel - denke ich, muss ich das Ganze jetzt mit Leben füllen. Noch ist die Geschichte dieser Welt nur eine Geschichte, die man glauben kann oder nicht. Gut, man könnte jetzt alles in der Bibel nachlesen, aber dadurch bleibt es dennoch erst eine theoretische Geschichte. Ich habe bis jetzt nur beschrieben, was sich angeblich hinter den Kulissen abspielt. Nur was hat diese Geschichte über die Entstehung der Erde und über den großen Kampf zwischen Jesus Christus und Satan mit unserer Wirklichkeit zu tun? Wenn das alles zutreffend wäre, dann müsste man davon doch auch aus unserer Perspektive etwas mitbekommen, oder? Und genau das war es, was ich in den letzten Jahren entdeckt habe. Der Rahmen und die Leinwand sind jetzt vorbereitet, eigentlich liegt auch schon eine Vorlage bereit. Jetzt kann ich mit meinem Bild beginnen.

Ich werde diese biblische Geschichte aus einer anderen Sichtweise noch einmal aufgreifen, aus dem Blickfeld des von uns Wahrnehmbaren, aus der Sicht der Zuschauer, denen die Akteure ein Schauspiel präsentieren. Das wird ein schwieriger Weg. Ich erinnere mich noch gut daran, wie für mich Stück um Stück meines weltlichen Fundamentes und meiner weltlichen Weisheit zusammenbrach und sich mir immer wieder dieselbe Frage stellte: Kann es denn sein, dass die ganze Welt falsch liegt in ihrer Anschauung? Aber am Ende musste ich auch immer wieder feststellen, es ist wirklich wahr, Satan hat sich diese Welt in allen Bereichen untertan gemacht.

Wird der Leser durchhalten? Wird der Leser widerstehen vorzeitig aufzugeben? Wird er sich mit aufrichtigem Herzen für die Wahrheit interessieren, auch wenn das bedeutet, dass er bisherige Ansichten revidieren muss?

Ich weiß, Gott lässt uns nicht allein in diesem Kampf. Jedem, der aufrichtig sucht, schenkt er durch den Heiligen Geist Kraft und Erkenntnis und schickt seine himmlischen Engel zum Schutz. Wie sehr freut sich der gesamte Himmel über jeden einzelnen Menschen, der dem Einflussbereich des Widersachers entzogen wird.

Der Feind ist bereits besiegt. Voller Hoffnung schaue ich nach vorne.

Kapitel 4
Europa in der Bibel

In meinem Studium der Bibel faszinierten mich besonders die Bücher Daniel und Offenbarung. Gott verspricht in seinem Wort den Getreuen, dass er alle seine Absichten seinem Volk durch Propheten offenbaren würde, bevor er sie ausführt. In den Büchern Daniel und Offenbarung geht es um solche Ereignisse der Vergangenheit, der Gegenwart und der Zukunft. Für mich war es einfach unglaublich zu erkennen, wie exakt Gott seine Voraussagen gibt und wie zuverlässig sie eintreten.

Was hat z.B. die Bibel, die lange vor unserer Zeit geschrieben wurde, über Europa zu sagen? Das ist eine interessante Frage, auf die ich bei meinem Studium meine ersten Antworten fand. Ich musste mich dazu einem jungen Mann zuwenden, der ungefähr 600 Jahre vor Jesu Geburt gelebt hat. Dieser Mann heißt Daniel.[2]

Kurz zur Vorgeschichte: Das von Gott auserwählte Volk zur Zeit des Alten Testaments war Israel. Gott wollte, dass dieses Volk durch seine Treue und seinen Gehorsam gegenüber Gottes Geboten ein Licht für die heidnischen Völker sei. Das gelang auch in einzelnen Zeitabschnitten, z.B. während der Regierungszeit von König Salomo. Dieser König war wegen der ihm von Gott verliehenen Weisheit auf der ganzen Welt berühmt. Von allen Ländern der Erde kamen Repräsentanten anderer Völker, um den Grund für den Wohlstand des Volkes Israel zu ergründen. Sie lernten dabei den Schöpfergott kennen und erfuhren von der Sünde und dem Erlösungsplan. Doch es gelang Satan immer wieder das Volk Gottes zu schlimmen Götzendienst zu verleiten. Selbst Salomo ließ sich in seinem Alter von seinen vielen heidnischen Frauen zum Götzendienst verleiten. Gott hatte die Heirat mit Heiden ausdrücklich verboten, aber Salomo war seinen Begierden gefolgt und duldete in seinem Alter nicht nur den Götzendienst, nein, er errichtete sogar selbst Opfer- und Anbetungsstätten für diese Götzen.

Gott war stets gnädig und geduldig. Er ließ immer wieder Gerichte über sein auserwähltes Volk kommen, damit sie sich in ihrer Not an den wahren Gott erinnern und ihn um Hilfe bitten.

Im Jahre 605 vor Christus rief Gott Nebukadnezar, den König von Babel, um gegen die Juden zu kämpfen, sie zu besiegen und in die Gefangenschaft nach Babylon zu führen. Mehrmals hatte Gott sein Volk durch seine Propheten von den ernsthaften Konsequenzen ihres Götzendienstes gewarnt, doch die Menschen wollten nicht hören. So kam Nebukadnezar im Auftrag Gottes, um Jerusalem zu zerstören und das Volk Israel in die Knechtschaft nach Babylon zu führen. Unter diesen Gefangenen war ein junger Mann aus dem Stamm Juda. Er hieß Daniel. Der sollte mit anderen jungen Männern am Hof des Königs eine gute Ausbildung erhalten, um dann dem König dienen zu können. Daniel war einer der Getreuen. Er verunreinigte sich nicht an den Speisen, die den Götzen geweiht waren, und er beugte seine Knie nicht vor den Götzenbildern Babylons. Er blieb in der Zeit der Gefangenschaft seinem Gott treu und bekannte sich offen zu ihm. Gott verlieh ihm deshalb besondere Weisheit, die Gabe Träume auszulegen und segnete sein Tun.

Eines Tages hatte der König einen Traum, der ihn sehr beunruhigte. Er hatte sich Gedanken über sein Reich gemacht, ob es bestehen bleiben würde und wie es weitergeht in der Weltgeschichte. Und Gott schenkte ihm in diesen Traum die Antwort auf seine Fragen. Der König suchte bei den Weisen und Zeichendeutern Babylons Rat wegen der Auslegung des Traumes. Um sicher zu sein, dass die Deutung richtig sein würde, erzählte er seinen Traum aber nicht, sondern forderte, dass ihm der Traum und die Deutung gesagt werden müsste. Natürlich konnte das niemand in seinem Reich. Daniel war der einzige unter den Weisen und Wahrsagern im ganzen Königreich, der dem König den Traum und die Deutung sagen konnte, denn Gott hatte es ihm offenbart.

So trat Daniel vor den König und erzählte ihm seinen Traum und gab ihm die Auslegung dazu. Der König hatte ein großes Standbild gesehen, dessen Kopf aus Gold, die Brust und die Arme aus Silber, der Bauch und die Lenden aus Bronze, seine Schenkel aus Eisen und die Füße aus Eisen mit Ton vermengt waren. Dann hatte er plötzlich einen Stein herabfallen sehen, ohne zutun von Menschenhand, der die Füße dieses Standbildes traf und sie zermalmte und in der Folge wurde das ganze Standbild zermalmt und vom Wind verweht. Der Stein aber wuchs und füllte die ganze Welt.

Der König war außer sich, genau das war sein Traum gewesen. Voller

Spannung wartete er jetzt auf die Auslegung.

Daniel gab dem König im Auftrag Gottes folgende Deutung dazu. Der König sollte erfahren, welche Reiche nach Babylon in der Weltgeschichte kommen würden, bis Gott selbst zum Weltende sein Reich aufrichtet. Das goldene Haupt stellte den König von Babylon und sein Reich dar. Dieses Reich sollte aber nicht für immer bestehen bleiben; andere Reiche würden auf Babylon folgen. Unmittelbar nach Babylon kommt ein Reich (Silber), welches aber geringer sein wird als Babylon. Nach diesem kommt ein weiters Weltreich (Bronze), das über alle Länder herrschen wird. Danach wird ein Weltreich kommen, hart wie Eisen, das alles zermalmt und zerbricht. Nach diesem schrecklichen Reich wird es kein Weltreich mehr geben, sondern ein zerteiltes Reich (Zehen), das zum Teil ein starkes, zum Teil ein schwaches Reich sein wird. Und die Vermengung von Eisen und Ton bedeutet, dass sich die einzelnen Reiche zwar durch Heiraten und Bündnisse miteinander verbinden werden, aber doch nicht aneinander halten. Zurzeit dieser Reiche wird der Gott des Himmels kommen, die Reiche der Welt zerstören und sein eigenes Königreich aufrichten.

Nachdem der König von Babylon das gehört hatte, fiel er auf sein Angesicht und pries den Gott Daniels, der Geheimnisse offenbaren kann. Daniel bekam eine hohe Stellung und wurde reich belohnt.

Welch eine Schau durch die gesamte Weltgeschichte bis zum Ende!

Dieser Traum beschreibt die politische Geschichte der Welt, von der Zeit Babylons bis zum Ende der Welt. Es ist faszinierend, dass Gott dazu nur wenige Sätze benötigt. Die wichtigsten Meilensteine der Menschheitsgeschichte werden hier erwähnt, Weltreiche und politische Systeme, die die Welt zu ihrer Zeit prägen werden und die für Gottes Volk relevant sein würden. Es wäre jetzt schön, wenn man das aus heutiger Sicht verstehen und auf unsere Geschichte übertragen könnte. Für mich war es zu diesem Zeitpunkt in gewisser Weise ernüchternd, feststellen zu müssen, dass es hier auf Erden anscheinend nicht immer so weitergehen würde, mal besser, mal schlechter, sondern dass Gott in einer absehbaren Zeit einen Endpunkt gesetzt hatte.

Ich bin damals zum Bücherschrank gegangen und habe mir ein einfaches Handlexikon herausgeholt. Nachdem ich in der Schule in Geschichte nicht sonderlich aufmerksam gewesen war, musste ich nachschlagen, was aus dem babylonischen Reich geworden war. Babylon war wirklich ein goldenes Königreich gewesen. Aus Gold waren die Götzenbilder, die Priester hatten goldene Gewänder, am Königshof aß und trank man aus goldenen

Gefäßen. Unter Babylon fand ich im Lexikon, dass das babylonische Reich 539 v. Chr. von den Medern und Persern besiegt wurde. Ich suchte weiter im Lexikon unter Medien und unter Persien und fand heraus, dass die Perser das kleinere, aber das stärkere Volk gewesen waren. Sie besiegten die Meder unter König Kyrus und verschmolzen beide Reiche. Dann haben sie zusammen Babylon erobert. Es war ein Überraschungsangriff. Während in Babylon ein rauschendes Fest gefeiert wurde, haben die Medo-Perser den Fluss, der mitten durch die Stadt führte, abgeleitet und sind durch das trockene Flussbett in die damals uneinnehmbare Stadt eingedrungen. Die Archäologen datieren dieses Ereignis auf den 12.10.539 v. Chr. Die persischen Krieger waren mit Silber geschmückt und die Münzen der Medo-Perser waren ebenfalls aus diesem Metall. Silber war deshalb ein gutes Charakteristika für das medo-persische Reich. Die Herrschaft der Medo-Perser sollte nur gut 200 Jahre dauern. Im Lexikon ist nachzulesen, dass es 331 v. Chr. von Griechenland abgelöst wurde. Der junge Alexanders der Große hatte sich aufgemacht und die alte Welt in einem Sturmlauf erobert. Nichts konnte ihn und seine Truppen aufhalten. Mit Schiffen war er übers Meer gekommen und überrollte das Land. Die griechischen Soldaten hatten Brustpanzer, Streitäxte und Speerspitzen aus Bronze. Also ist auch Bronze ein typisches Metall für Griechenland. Noch auf seinem Feldzug kam Alexander der Große allerdings ums Leben. Das Weltreich Griechenlands wurde jetzt von seinen vier Generälen, den Diadochen beherrscht und verwaltet. Unter Griechenland fand ich im Lexikon, dass 197 v. Chr. Rom über Makedonien siegt und 186 v.Chr., nach einer weiteren Niederlage Griechenlands, das römische Weltreich entsteht. In der Statue war das vierte Reich als hart wie Eisen beschrieben worden, das alles zermalmt und zerbricht. Wie könnte das Römische Reich besser beschrieben werden, als hart wie Eisen, das mit seinen Legionen alles zermalmt und zerstört, was sich ihm in den Weg stellt. Rüstungen, Waffen und Streitwagen waren aus diesem Metall. Das römische Reich ging gegen alle Nichtrömer brutal und grausam vor, ein Menschenleben galt zu dieser Zeit praktisch nichts – und Daniel beschreibt das schon ca. 400 Jahre vor der Zeit der Römer.

Das war für mich wieder ein Zeichen für die Zuverlässigkeit des Wortes Gottes. Wie würde es weiter gehen? Wenn die Schau bis zum Ende der Welt geht, dann musste doch auch unsere Zeit darin erwähnt werden?

Unter Rom fand ich im Lexikon, dass das Weströmische Reich von Odoaker 476 n.Chr. zerschlagen wurde und in zehn Einzelstaaten zerfiel: Ostgoten, Westgoten, Franken, Vandalen, Sueven, Alemannen, Angelsachsen, Heruler, Lombarden und Burgunder. Diese zehn Nachfolgestaaten bilden den

Ursprung der heutigen europäischen Staaten.

Ist es nicht erstaunlich, dass bereits ca. 600 v. Chr. durch Daniel vorausgesagt wurde, dass es nach dem römischen Reich in der Folge kein weiteres Weltreich mehr geben würde, sondern einzelne Nachfolgestaaten? Woher konnte er das wissen? Und wie könnte man diese Einzelstaaten besser beschreiben, als mit den Worten, sie werden versuchen, sich durch Bündnisse und Heiraten miteinander zu verbinden, aber sie werden nicht aneinander halten? Haben das nicht die europäischen Königshäuser immer wieder versucht und praktiziert? Haben nicht die großen Staatsmänner dieser Zeit, z.B. Ludwig IV., Karl der Große, Napoleon, Bismarck, Kaiser Wilhelm, ja sogar Hitler, immer wieder versucht ein neues Weltreich zu schmieden, aber es ist misslungen?

Der Traum Nebukadnezars und dessen Deutung, die Daniel im Auftrag Gottes gab, ist noch nicht zu Ende. Für mich wurde es jetzt erst richtig spannend. Wenn die gesamte Weltgeschichte von der Zeit Babylons bis in unser heutiges Europa zutreffend vorausgesagt worden war, sollte dann nicht auch noch der Rest zuverlässig eintreten? Dieser Traum hat mich in unsere Zeit geführt, jetzt und heute. Das hatte ich nun wirklich nicht erwartet.

Der letzte Halbsatz der Schilderung Europas weckte mein Interesse. Nachdem die einzelnen Staaten versuchen werden, sich durch Heiraten und Bündnisse miteinander zu verbinden, heißt es da: „Aber sie werden nicht aneinander halten." War in der Geschichte Europas nicht immer wieder der Versuch unternommen worden, die einzelnen Reiche wieder zu vereinen, sei es durch Gewalt oder durch die Heiratspolitik der Königshäuser? Sind nicht die großen Staatsmänner der europäischen Geschichte immer wieder an dieser Aufgabe gescheitert?

Klar, das ist Geschichte, aber was ist heute? Wir reden nicht nur von einem vereinten Europa, wir haben es schon. Die Grenzen sind offen, es gibt eine einheitliche Währung, politische und militärische Aufgaben werden gebündelt und man diskutiert eine gemeinsame Verfassung. Zielstrebig gehen die Politiker der europäischen Länder voran und unterzeichnen Verträge, so dass die Entwicklung nicht mehr umgekehrt werden kann. Der Zug Europa hat bereits Fahrt aufgenommen und ist nicht mehr zu stoppen.

Wird uns nicht immer gesagt, dass wir alle nur Vorteile durch die Einheit Europas haben werden, keine Grenzkontrollen mehr, freier Waren- und Dienstleistungsverkehr, Angleichung der Rechts- und Steuersysteme, kein Geldumtausch mehr und damit Preistransparenz und jeder kann arbeiten und wohnen wo er will; klingt das nicht gut?

Leider haben diese Lichtblicke auch Schattenseiten. Man kann in Europa die Grenzen ohne Kontrollen überschreiten, braucht keinen Reisepass vorzuzeigen und hat keine Wartezeiten mehr. Aber das nutzen natürlich gerade auch die Kriminellen und Illegalen. Die Außengrenzen Europas sind praktisch nicht zu sichern, und wenn jemand erst in Europa ist, dann kann er sich ungeniert frei bewegen.

Die einheitliche Währung erspart den Geldumtausch und schafft Preistransparenz über die Grenzen. Aber mit dem Euro ist das Geld auf einmal nur noch die Hälfte wert. Der Euro ist zum Teuro geworden und viele haben plötzlich nicht mehr die Möglichkeit ihren Lebensstandard aufrechtzuerhalten. Kein Wunder, dass die Umsätze trotz steigender Preise zurückgehen.

Der grenzüberschreitende Waren- und Dienstleistungsverkehr hat dazu geführt, dass kleine und mittelständische Betriebe von international operierenden Großkonzernen mit besseren Einkaufsmargen einfach überrollt werden. Die Arbeitslosenzahlen und die damit verbundenen Probleme der sozialen Sicherungssysteme sprechen für sich.

Die Zentralisierung politischer Aufgaben und die damit verbundene Angleichung nationaler Standards, behindern durch Gleichmacherei die Interessen und Bedürfnisse der Einzelstaaten. Die aufgeblasene Zentralbürokratie lässt sich nicht mehr steuern und verschlingt Milliarden an Steuergeldern. Die in Europa verantwortliche „Politikerelite", z. T. nach Europa abgeschobene oder in ihren Ländern geschasste Politiker, die im Europajob ihre Versorgung erlangen, verwaltet Milliardentöpfe, die z. T. für irrwitzige Subventionen oder Projekte ausgegeben werden, Skandale, Korruption und Bestechung selbstverständlich inbegriffen.

Und dieses Europa soll unsere Zukunft sein?

Die Bibel sagt uns hier etwas anderes: „Und sie werden nicht aneinander halten".

Heißt das etwa, wenn die Politiker die Bibel sorgfältig studiert hätten, dann wäre nicht so viel Zeit, Energie und Geld in ein vereinigtes Europa investiert worden, das am Ende doch nicht zusammenhält?

Ich war echt überrascht. In so wenigen Sätzen lässt Gott durch Daniel unsere ganze europäische Geschichte so prägnant beschreiben. Und was er uns für unsere Zeit heute mitgibt, ist, dass sich die Politiker und die Mehrheit der Bevölkerung in Europa auf einem falschen Weg befinden. Sie streben eine Einheit an, zu der es aber nicht wirklich kommen oder die nicht lange Bestand haben wird. Das ist auch nicht verwunderlich, wenn eine Einheit aus menschlichen Erwägungen gesucht wird und man aus eigener Kraft Wohlstand, Frieden und Glück garantieren will, Gott und sein Gesetz aber nicht der verbindende Mittelpunkt der angestrebten Einheit ist. Letztendlich sucht der Mensch doch lediglich seinen eigenen Vorteil und wird sich aus Profitgier über die Interessen des Anderen hinwegsetzen.

Ich würde jetzt jedenfalls die weitere Entwicklung Europas mit ganz anderen Augen verfolgen, gespannt, ob ich auch die Erfüllung dieser vorletzten Prophezeiung im Traum des Königs von Babylon erleben werde.

Was für mich aber am eindrucksvollsten war, als ich diesen Traum zum ersten Mal gelesen und verstanden habe, dass wir nach Gottes Plan bereits in den Zehen der Statue leben, d.h. im wirklich letzten Abschnitt der Weltgeschichte. Danach kommt nur noch das Ende dieser Welt durch die Wiederkunft Jesu.

Sollte die Bibel wirklich so aktuell für unsere heutige Zeit sein? Mich hat dieser Traum von der Statue jedenfalls dazu angeregt, mich mit dieser Frage auseinanderzusetzen. Denn die Weltreiche sind so, wie vorhergesagt, in der Weltgeschichte aufgetreten. Wird dann nicht auch das Ende so eintreten, wie vorhergesagt? Gott hat nicht offenbart, wie lange die Zeit der Zehen sein würde, aber ich denke mir, man müsste zumindest die Möglichkeit in Erwägung ziehen, dass das Ende zu unseren Lebzeiten kommen könnte.

Irgendwie hat dieser Traum des Nebukadnezars in mir etwas verändert. Bislang hatte ich mein Leben gelebt und ab und zu festgestellt, dass ich unter normalen Umständen noch den größten Teil meines Lebens vor mir hätte. Jetzt ist mir auf einmal bewusst geworden, dass mein irdisches Leben nicht nur durch meinen Tod, sondern möglicherweise auch durch ein bevorstehendes Weltende begrenzt ist. Und nach dieser Prophezeiung würde das zumindest nicht erst in Jahrmillionen eintreten.

Sollte meine Generation oder vielleicht die meiner Kinder das Ende der Welt durch die Wiederkunft Jesu tatsächlich erleben? Es war nicht einfach für mich, diesen Gedanken ernsthaft in Erwägung zu ziehen. Aber ich hatte andererseits mit meinem Fundament der Wahrheit schon einige Erfahrungen gemacht und wollte dieses Fundament nicht gleich bei erster Gelegenheit durch meinen Kleinglauben untergraben.

Ich ging davon aus, dass dieser Traum nicht der einzige Hinweis in der Bibel auf unsere heutige Zeit sein würde. So viele Fragen waren noch offen, ja stellten sich erst jetzt. Ich wollte weitersuchen und mehr erfahren.

❖ ❖ ❖ ❖ ❖

Heute hatten wir eigentlich die Absicht noch einmal ans Meer zu fahren, aber am Morgen sind Wolken aufgezogen. So haben wir beschlossen, unsere Arbeit zu erledigen und morgen zu gehen, wenn das Wetter besser wäre. Ich habe die Zeit genutzt und Kartoffeln gesetzt. Wir können hier viermal im Jahr Kartoffeln säen und ernten. Das mediterrane Klima ist diesbezüglich viel besser, als das Klima in Deutschland. Im Sommer muss man allerdings die Möglichkeit der Bewässerung haben, sonst ist es zu trocken. Durch unseren eigenen Brunnen haben wir diese Möglichkeit. Mit einer Hacke die Furchen zu graben und nach dem Setzen der Kartoffel diese wieder zu schließen und anzuhäufeln, ist eine schweißtreibende Arbeit, auch wenn die Sonne nicht scheint. Obwohl ich jetzt schon zwei Jahre körperlich arbeite, habe ich auch immer noch etwas Probleme mit dem Rücken. Jahrzehntelange sitzende Tätigkeit am Schreibtisch lässt sich nicht so einfach ungeschehen machen. Glücklicherweise war ich bis zum Mittagessen mit dieser Arbeit fertig, denn jetzt schüttet es in Strömen. Das ganze Feld steht unter Wasser. In weniger als einer Stunde hat es 41 Liter geregnet.

Irgendwie spielt das Wetter zurzeit total verrückt. Wir sind zwar froh über jeden Regentropfen, aber solche Unwetter sind einfach nicht normal. Ich muss an die Überflutung in Deutschland denken und an die Menschen, die gerade alles verloren haben und wieder von vorne beginnen müssen. Jeden Abend sehen wir die Bilder der Zerstörung in den Nachrichten, und das nicht nur in Deutschland, auch in Österreich, der Schweiz, Italien, Frankreich und sogar in Afrika, China und Korea. Die Experten reden von der Klimakatastrophe und davon, dass sie nur durch eine merkliche Reduzierung des Ausstoßes von Treibhausgasen umgekehrt werden könnte. Leider erwähnt die Bibel, dass zum Ende der Zeit solche Katastrophen häufiger kommen werden, mit einer stets größer werdenden Zerstörungskraft.

Irgendwie klingt es für mich da lächerlich, wenn sich angesichts der immer rascher voranschreitenden Klimakatastrophe die Verantwortlichen dieser Welt darüber unterhalten, ob sie den Ausstoß von Treibhausgasen in den nächsten 10 Jahren um 5% reduzieren sollen; das ist doch fast nichts! Und nicht einmal diesen Tropfen auf den heißen Stein ist Amerika bereit mitzutragen, nur um die eigenen Wirtschaftsinteressen zu schützen.

Satan hat die Welt auf einen Weg gebracht, auf dem eine Umkehr global nicht mehr möglich ist. Zu tief hat er den Egoismus und die Profitgier in die Herzen der Menschen gepflanzt. Seit Jahrzehnten wird vor der Klimakatastrophe gewarnt. Wissenschaftliche Gutachten der ganzen Welt klagen den Raubbau in der Natur und dessen katastrophale Folgen für die ganze Menschheit an, aber ohne Wirkung.

Hat Gott im Paradies nicht die Erde den Menschen anvertraut, dass sie über sie herrschen, sie bebauen und bewahren sollen? Was ist davon heute übrig geblieben? War es nicht ein kluger Schachzug Satans, gerade den von Gott eingesetzten Gedenktag an die Schöpfung und an den Schöpfer, den Sabbat, als erstes auszulöschen und durch den Sonntag zu ersetzen? Vielleicht wäre heute alles anders, wenn die Menschheit jede Woche, am Sabbat, sich bewusst machen würde, dass nicht der Mensch das Maß aller Dinge ist, sondern ein Geschöpf Gottes, dem die Schöpfung anvertraut wurde, dass er verantwortungsvoll damit umgehe. Jede Woche ein Tag für die Umwelt, mit Gedenkgottesdiensten, Veranstaltungen, Reden, guten Vorsätzen.

Es ist anders gekommen. Heute stehen wir vor einem Scherbenhaufen und können nur hilflos zusehen, wie die furchtbare Saat des Ungehorsams und des Egoismus aufgeht und Früchte trägt.
Wenn man das Verhalten der hauptverantwortlichen Industrienationen beobachtet, z.B. ganz aktuell auf dem Umweltgipfel in Südafrika, dann gibt es für mich keine Hoffnung mehr. Der Prozess ist nicht mehr umkehrbar. Wirtschafts- und machtpolitische Erwägungen stehen heute über der Umwelt und der Menschlichkeit.

Was wird herauskommen beim Umweltgipfel in Südafrika? Werden die reichen Industrienationen wirklich den eine Milliarde Menschen helfen, die buchstäblich am verhungern sind? Es ist heute möglich an jeden Platz der Erde in kürzester Zeit eine Rakete mit Atomsprengköpfen zu schicken. Warum ist das nicht auch möglich mit einem einfachen Wecken Brot?

Die zehn Zehen im Traum des Königs von Babylon stehen nicht nur für Europa. Die Zahl Zehn ist in der Bibel auch immer eine Zahl der Vollständigkeit. Damit sind eigentlich auch alle Staaten dieser Welt angesprochen. Die Bibel sagt uns, es werden zum Teil starke, zum Teil schwache Staaten sein und das ist es, was wir heute in der Welt erleben. Die großen, mächtigen und wichtigen Industrienationen geben den Ton an. Obwohl sie nach der Bevölkerungsstärke nur eine Minderheit sind, beanspruchen und verbrauchen sie für sich die Mehrheit der verfügbaren Ressourcen dieses Planeten. Die Schwachen haben keine Möglichkeit sich dagegen zu wehren. Weltweite Konferenzen, Entwicklungshilfeprojekte und in Aussicht gestellte Verbesserungen dienen nur als Alibifunktion. Eine echte Bereitschaft der starken Nationen, die ungerechte Verteilung der Ressourcen zu beenden und mit den Schwachen zu teilen, ist tatsächlich nicht gegeben. Das kann man an den Prioritäten in den Staatshaushalten ablesen. Entwicklungshilfe und echte Hilfe für die Schwachen dieser Welt kommt immer erst hinter ferner liefen.

Es ist traurig, aber die Bibel hat in ihrer Beschreibung unserer Zeit leider Recht. Und sie ernüchtert auch alle, die auf Besserung hoffen. Diese Zustände werden sich nicht bessern und sie können sich auch nicht bessern, weil der von Gott abgefallene Mensch andere, nämlich seine eigenen Interessen verfolgt. Satan hat diesen Samen der Gottlosigkeit und des Egoismus durch Eva in die Herzen der Menschheit gesät. Was wir heute erleben ist nur die Frucht, die zur Reife kommt. Umkehr in der Weltgeschichte wäre nur durch Umkehr der Welt zu Gott möglich. Aber dazu wird es nicht kommen. Es werden nur Einzelne sein. Für die Welt wird das Ende Gottes wie ein Stein plötzlich und überraschend vom Himmel fallen, der unter sich alle Zukunftspläne der Menschen begraben wird.

Ich bin deshalb zuversichtlich. Es wird dem Menschen nicht gelingen die Erde zu vernichten, weder durch eine Umweltkatastrophe noch durch einen Atomkrieg. Die Bibel sagt mir, Gott selbst wird dieser Erde ein Ende setzen, durch seine Wiederkunft. Es werden noch schlimme Zeiten kommen, aber Gott verspricht diese Zeit zu verkürzen und bald einzugreifen.

Das Wort Gottes bezeichnet Satan als den Fürsten dieser Welt und der hat diese Erde durch weltliche Mächte fest im Griff. Ich wollte versuchen diese Systeme mit Hilfe des Wortes Gottes aufzudecken, müssten sie doch eine deutliche Spur in der Geschichte hinterlassen. Gott führte mich dabei schrittweise voran. Nachdem er zunächst im Traum des Königs von Babylon einen groben Überblick zur Weltgeschichte offenbart hat, geht er jetzt immer weiter ins Detail, und zwar betreffend der Zeit, die mich am meisten interessierte, die Zeit nach dem römischen Reich, die Zeit der Zehen - unsere Zeit.

Kapitel 5

Die Eroberung der christlichen Kirche

Bevor ich im Buch Daniel [5)] weiter las, entdeckte ich noch einen wichtigen Punkt für den Umgang mit der Bibel.
In Gottes Wort, besonders in den prophetischen Büchern, klingt manches unverständlich und es werden Bilder gebraucht, wie z. B. das Standbild, die man auf Anhieb nicht verstehen kann. Man findet in der Bibel jedoch das Prinzip, dass sich die Bibel immer selbst auslegt. Also vergleicht man mit anderen Textstellen, wo eine Erklärung für das Bild genannt wird. Hilfreich hierfür ist die Verwendung einer Wortkonkordanz, in der man nachschlagen kann, an welchen Stellen der Schrift der gesuchte Begriff ebenfalls verwendet wird. Aus diesen Zusammenhängen ergibt sich dann meist der gesuchte Sinn. Bei dem Standbild z.B. gibt Gott wenige Verse später durch Daniel die Deutung, dass es sich bei den unterschiedlichen Körperteilen aus unterschiedlichen Metallen um Weltreiche handelt, die aufeinander folgen werden.
Als ich das entdeckte, war ich sehr erleichtert. Ich bräuchte nicht selbst zu spekulieren oder mich von den unterschiedlichsten Meinungen, die in Büchern und Kommentaren vertreten werden, verwirren lassen. Ich konnte mich auf mein Fundament der Wahrheit, das Wort Gottes selbst, stützen und war so geschützt vor Irrtümern.

Aber jetzt weiter im Buch Daniel. Ungefähr im Jahr 550 v. Chr. gibt Gott Daniel selbst einen Traum. Auch Daniel hatte sich nicht erst seit dem Traum von Nebukadnezar für den weiteren Verlauf der Weltgeschichte interessiert und besonders auch für das Schicksal seines Volkes, der Getreuen. Er selbst war einer von ihnen und so kannte er auch die Geschichte Luzifers, seines Falls und wie er versuchen würde, den Erlösungsplan zu durchkreuzen und die Welt an sich zu reißen.
Gott zeigte Daniel in diesem Traum den gleichen Ablauf wie im Standbild, nur in anderen Bildern. Daniel sah vier Tiere von denen ihm gesagt wurde, es handle sich dabei um vier Königreiche, die nacheinander auf Erden kommen werden.

Das erste Tier war das Wappentier Babylons, der Löwe mit Adlerflügeln. Es sollte also um die gleichen Reiche wie im Traum des Königs gehen. Das zweite Tier war ein Bär (Medo-Persien), das dritte ein Panther mit vier Flügeln (Griechenland) und das vierte ein furchtbar schreckliches und starkes Tier mit großen eisernen Zähnen, das alles fraß, zermalmte und zertrat (das eiserne Rom). Die eisernen Zähne und das brutale und harte Vorgehen dieses Tieres lassen keinen Zweifel daran, dass hier wieder Rom gemeint war. Dieses vierte Tier hatte zehn Hörner. Die Bibel erklärt im gleichen Kapitel [6], diese zehn Hörner würden für zehn Könige stehen, die aus diesem Tier hervorgehen werden. Auch in diesem Traum gibt es also die Parallele zu den zehn Zehen, die für die Nachfolgestaaten des römischen Reiches stehen, unser heutiges Europa.

Doch jetzt geht der Traum weiter ins Detail. Daniel sieht, wie zwischen den zehn Hörnern ein anderes kleines Horn hervorbricht, vor dem drei der zehn ausgerissen werden. Dieses kleine Horn ist ganz anders als die anderen. Auf sein Nachfragen erfährt Daniel, dieses kleine Horn würde größer werden als die anderen, es würde gegen die Getreuen kämpfen und auch eine Zeitlang den Sieg behalte. Dieses kleine Horn würde Gott lästern, anstelle des Höchsten sprechen und sich unterstehen Festzeiten und Gesetz zu ändern. Der Engel sagt Daniel weiterhin, dass diese Macht 3 ½ Zeiten regieren wird.

Es soll also zwischen den Nachfolgestaaten des Römischen Reiches gleichzeitig auch eine neue Macht entstehen, die anders ist, als die anderen Staaten, stärker als diese. Diese Macht würde sich auch besonders durch ihren Kampf gegen die Getreuen und gegen Gottes Gesetz hervortun, ja sogar Worte anstelle des Höchsten sprechen, d.h. sich als Stellvertreter Gottes ausgeben.

Der Herrschaftszeitraum diese Macht wird mit 3 ½ Zeiten angegeben. Diese 3 ½ Zeiten können auch mit 3 ½ Jahren übersetzt werden. Jetzt sagt Gott uns in seinem Wort, dass in der Prophetie das Jahr-Tag-Prinzip gilt, d.h. ein prophetischer Tag steht für ein buchstäbliches Jahr[7]. Bei 360 Tagen im Jahr, nach jüdischer Zeitrechnung, entsprechen die 3½ prophetischen Jahre 1260 prophetischen Tagen. Wendet man jetzt den biblischen Grundsatz des Jahr-Tag-Prinzips an, dann beträgt die Regierungszeit dieser Macht 1260 buchstäbliche Jahre, in denen sie ihren vorherrschenden Einfluss in Europa ausüben wird.

Nach Ablauf dieser Zeitperiode sieht Daniel, dass Throne im Himmel aufgestellt wurden, Bücher geöffnet werden und das Gericht beginnt. Im Anschluss an das Gericht richtet Gott wieder sein Reich auf und zerstört die Reiche der Welt, so wie im Traum des Standbildes durch den Stein dargestellt.

Abermals eine grandiose Schau der Weltgeschichte. Und sie stimmt mit dem ersten Traum des Königs von Babylon überein. Daniel werden jedoch zwei weitere Informationen gegeben. Es wird ihm offenbart, dass auf dem Gebiet Europas zur Zeit der Nachfolgestaaten noch eine andere und stärkere Macht entstehen würde, und dass kurz vor dem Zeitpunkt, an dem Gott wiederkommt und sein Reich aufrichtet, im Himmel ein Gericht stattfindet.

Zunächst interessierte mich natürlich dieses kleine Horn. Welche Macht wird da mit dem kleinen Horn beschrieben? Welche Macht kam nach dem Römischen Reich zwischen den zehn Nachfolgestaaten auf, vor der drei der zehn ausgerissen wurden? Welche Macht war ganz anders und politisch mächtiger als die anderen Nachfolgestaaten, hatte aber auch eine geistliche Ausrichtung, indem es die Getreuen verfolgte und tötete, Gott lästerte, an seiner Stelle sprach und Zeit und Gesetz Gottes änderte? Welche Macht regierte auf diese Weise über 1260 Jahre?

Wenn man in die Geschichte Europas schaut, dann entdeckt man nur eine einzige Macht, die all die aufgeführten Eigenschaften dieses Steckbriefs erfüllt. Der Steckbrief dieser Macht wurde mehr als 1000 Jahre vor deren Auftreten in der Geschichte von Daniel aufgeschrieben. Dieser Steckbrief ist aber so charakteristisch und präzise, dass es nur eine mögliche Antwort auf die Frage gibt, wer mit dieser Macht gemeint sei.

Nach dem Zerfall des Römischen Reiches gab es in den zehn Nachfolgestaaten den arianischen Konflikt. In diesem Krieg wurden drei der Nachfolgestaaten, die Heruler, die Vandalen und die Ostgoten vernichtet. Sie waren arianischen Glaubens und teilten nicht die päpstliche Sicht bezüglich der Göttlichkeit Christi. Nach deren Vernichtung war der Weg frei für das Papsttum, die römisch-katholische Kirche. Im Jahr 538 wurde der Bischof von Rom, Virgilius, zum Oberhaupt der katholischen Bischöfe erklärt und das Papsttum gegründet. Der neue Papst stand dabei unter dem Schutz Belisars, des Feldhauptmannes von Kaisers Justinian. In der Folgezeit nahm der politische Einfluss des Papstes und der römischen Kirche so stark zu, bis er derart groß war, dass der Papst in Europa praktisch die Könige einsetzte und absetzte. Der Papst machte sich zum Stellvertreter Gottes auf Erden und beanspruchte die höchste Autorität, höher als das Wort Gottes. Bereits im Konzil von Laodizea hatte die römische Kirche die zehn Gebote Gottes geändert, indem es das zweite Gebot, das Verbot sich Bildnisse zu machen und sie anzubeten, aus dem Dekalog entfernte und sie hat den von Gott bei der Schöpfung eingesetzten Ruhetag, den Sabbat, der zum Gedenken an den Schöpfergott gegeben war, veränderte und auf den Sonntag verlegte. Dieser Tag war bereits von Kaiser Konstantin 321 n. Chr. als Feiertag festgesetzt worden, zur Anbetung der Sonne.

Im finsteren Mittelalter verfolgte die römische Kirche die Getreuen Gottes und stellte sie auf die Scheiterhaufen. Die Bibel war für das normale Volk verboten. Unbarmherzig versuchte die römische Kirche immer wieder den aufkeimenden Protest durch Inquisition und Folter zu unterdrücken. Sie vernichtet in dieser Zeit die Getreuen, wo immer sie ihrer habhaft werden konnte. In der gleichen Zeit versuchte die Kirche ihren eigenen ausschweifenden Lebensstil durch Irrlehren, wie z.b. den Verkauf von Ablässen, zu finanzieren, als ob die Erlösung käuflich wäre. Diese Schreckensherrschaft wurde durch die Reformation empfindlich gestört, doch durch die Gegenreformation war der Protest bereits kurze Zeit später fast völlig vernichtet. Dann, im Jahre 1798 wurde die Vorherrschaft des Papstes und der römischen Kirche vorläufig beendet. Genau nach den vorhergesagten 1260 Jahren ließ Napoleon den Papst gefangen nehmen. Die Besitztümer der Kirche wurden beschlagnahmt, der Papst wurde inhaftiert und verstarb im Gefängnis.

Alle Reformatoren, einschließlich Martin Luther, haben übrigens das Papsttum als das „kleine Horn" im Buch Daniel identifiziert. Für mich gibt es keinen Zweifel, dass Daniel hier mit dem kleinen Horn das Papsttum und die römische Kirche beschrieben hat.

Die römische Kirche sieht heute auch selbstkritisch auf diese Zeit zurück und hat sich erst kürzlich für offensichtliche Fehler einzelner Personen dieser Zeit entschuldigt. Aber nachdem sich der Papst in seiner Anmaßung als unfehlbar bezeichnet und behauptet wird, dass sich weder die Päpste noch die Kirche als solche sich jemals geirrt haben, und sich auch in Zukunft niemals irren würden, ist diese Entschuldigung mit keinem Schuldeingeständnis verbunden. Und so ist bis heute kein einziger Erlass aus dieser Zeit und kein einziges Urteil gegen die unschuldigen Getreuen zurückgenommen worden. Ich würde später noch herausfinden, dass die Kirche heute noch die gleiche Sprache spricht wie damals.

Ich damals doch ziemlich mitgenommen. Das hatte ich nicht erwartet. Dass in der katholischen Kirche nicht immer alles richtig ist und war, an der Lehre und am Verhalten, damals und heute, war mir schon klar. Aber, dass die römische Kirche und das Papsttum in der Bibel als Macht beschrieben wird, die gegen Gott, gegen Gottes Gesetz und gegen die treuen Nachfolger Gottes kämpft, das hat mich richtig schockiert. Und das umso mehr, weil ich eingestehen musste, es ist wirklich alles zutreffend, was Daniel da aufgeschrieben hat. Ich habe mich gefragt, was hat die Kirche dazu veranlasst den Weg der Getreuen zu verlassen? Hatte sich Jesus, als er auf Erden lebte, als dessen Stellvertreter sich der Papst bezeichnet oder Petrus, von dem das Papsttum angeblich den Stab des Oberhirten übernommen hat, so verhalten? Haben Jesus und Petrus in prunkvollen Häusern und goldenen Gewändern einen ausschweifenden Lebensstil vorgelebt? Warum hat die römische Kirche versucht mit Gewalt und Folter die Menschen zum Glauben an ihre Lehren zu zwingen? Hat Jesus nicht Gewaltfreiheit vorgelebt und gesagt, meine Schafe hören meine Stimme?

Warum hat die römische Kirche Gottes Gesetz geändert, den göttlichen Ruhetag verlegt und die Türen für heidnische Götzenbilder, Symbole und Gebräuche geöffnet? Warum hat der Papst den Titel des Hohenpriesters des babylonischen Sonnenkultus, Pontifex Maximus, übernommen und warum trägt er dessen dreifache Krone, die Tiara, als Zeichen dafür, dass er der Herr des Himmels, der Erde und der Unterwelt ist. Warum tragen die Bischöfe die spitzen Bischofsmützen, die aus der Zeit Babylons stammen und offene Fischköpfe symbolisierten, welche die Götzenpriester Dagons damals trugen, der mit einem Fischkopf dargestellt wurde? Warum hat die Kirche das zweite Gebot abgeschafft und die Kirchen mit Figuren, Bildern und Reliquien überschwemmt, die angebetet werden, vor denen man sich niederkniet und denen Lichter angezündet werden? Gott hatte das doch ausdrücklich verboten? Und warum wurde aus dem Gedenktag für den Schöpfer der Welt, einem unveränderliches Zeichen zwischen Gott und seinen Getreuen, der Sonntag gemacht, der eigentlich dem Sonnengott geweiht war? Jesus hatte doch ausdrücklich darauf hingewiesen, dass nicht ein Tüpfelchen am Gesetz geändert werden darf, solange diese Welt besteht.

Mir gingen an dieser Stelle in erschreckender Weise das erste Mal richtig die Augen auf. Hier hatte die römische Kirche doch ganz offensichtlich viel Unrecht und Leid verursacht und sich wirklich eher wie der Stellvertreter Satans als wie der Vertreter Gottes verhalten. Und was mich noch mehr schockierte, war die Tatsache, dass alle diese offensichtlichen Irrlehren aus der Zeit des Mittelalters bis heute noch Bestand haben und praktiziert werden. Der Papst hat das erst in jüngster Zeit wieder demonstriert und für das Jahr 2000 einen Ablass versprochen. Jeder, der als Pilger in diesem Jahr nach Rom kommen würde, könnte sich dadurch einen Ablass verdienen. Mit diesem Ablass könnte man Sündenvergebung nicht nur für die eigenen getanen Sünden erhalten, dieser Ablass würde sogar für zukünftige Sünden gelten und könne gleichzeitig auch für bereits Verstorbenen die Zeit im Fegefeuer verkürzen. Was für ein Unsinn.

Es geht nicht darum hier jemanden zu verurteilen, schließlich mache ich auch täglich Fehler und treffe falsche Entscheidungen. Was mich erschreckt hatte war, dass die Bibel die sich selbsternannte, allein selig machende Kirche, gerade nicht als den Weg zum Heil der Menschen darstellt, sondern im Gegenteil als eine Macht, die sich von Satan dazu gebrauchen lässt, um die Getreuen geradezu zu verführen, zu verfolgen und auszurotten.

Ich hatte mich bis dahin als getreuen Katholiken betrachtet, der für seine Kirche kämpfen wollte und die Hand für sie ins Feuer gelegt hätte. Nie hätte ich mir vorstellen können, dass sich Papst und Kirche buchstäblich als Werkzeuge Satans gebrauchen lassen würden. Wie geschickt und mit welcher großen Macht kämpft doch Satan seinen Kampf, ohne dass es von den Menschen wahrgenommen wird. Wie leicht lassen sich solche Irrlehren in den Herzen der Menschen festsetzen. Ich muss wieder an Sokrates denken, der sagte: „Nicht in der ersten Generation, aber du kannst es in der zweiten oder dritten Generation erreichen."

❖ ❖ ❖ ❖ ❖

Nach diesem Kapitel bin ich traurig und nachdenklich. Für mich gibt es keinen Zweifel, dass ich damals auf der Suche nach der Wahrheit einen großen Schritt weitergekommen war, aber um welchen Preis. Mein Glaubensgebäude und meine Ehrfurcht vor der römischen Kirche waren in sich zusammengebrochen. Für mich war das zu diesem Zeitpunkt jedoch nicht so schlimm, hatte ich doch in der Bibel bereits Gott selbst kennen und lieben gelernt. Was mich bedrückte, war die Frage, wer würde bereit sein das zu glauben. Ich muss an meine Eltern denken. Als ich ihnen das erste Mal davon erzählte, hätten sie mich fast aus dem Haus geworfen. Sie sind bis heute nicht bereit, sich mit diesem Thema auseinander zu setzen. Sie wollen nicht einmal die Argumente hören, sie machen einfach zu. Wie weit ist doch der große Kampf schon vorangeschritten? Satan hat die Menschen so sehr im Griff, dass ein Entkommen fast aussichtslos erscheint. Es ist dem Widersacher gelungen Klischees aufzubauen, an die wir glauben uns halten zu müssen, auch wenn wir dabei zu Grunde gehen. Mir ist es doch selbst auch schon so gegangen. Ich wusste, ich hatte einen Fehler gemacht, aber nur um das nicht zugeben zu müssen und um meine eigene Schuld zu verbergen, habe ich plötzlich ein falsches Ergebnis verteidigt. Wie kommen wir dazu, Dinge zu verteidigen, die nicht richtig sind? Warum geben wir nicht zu, dass unser neues Auto nicht unseren Erwartungen entspricht, dass das

Wetter im Urlaub überhaupt nicht so toll war oder das Hotel neben einer lärmenden Baustelle lag. Bricht uns ein Zacken aus der Krone, wenn andere sehen, dass uns auch so etwas passieren kann oder müssen wir immer als die Unfehlbaren und Erfolgreichen dastehen? Warum fällt es uns so schwer einen Fehler einzugestehen oder auf die Frage: Wie geht's? nicht mit „gut" zu antworten, sondern zu sagen, dass wir gerade Probleme haben? Wie viele kommen viel zu spät zum Arzt mit ihrer Krankheit oder verheimlichen es ihrem Umfeld, dass sie im Krankenhaus liegen? Es ist Satan gelungen uns zu isolieren und uns dazu zu bringen, unsere Probleme für uns zu behalten. Wie viele halten für andere eine Fassade aufrecht, unter Entbehrungen und Schmerzen? Wie viele leben über ihre Verhältnisse und machen Schulden, nur um zu zeigen, ich kann auch mithalten? Wie viele Menschen handeln gegen ihre innere Überzeugung, nur weil sie glauben, nicht anders zu können; was würden denn die anderen sagen, die Verwandten, die Freunde, die Kollegen? Wie viele sagen, ich habe keine andere Wahl?

Aber das ist nicht richtig! Wir haben immer eine Wahl. Gott möchte uns frei machen von all diesen Bindungen. Er will, dass wir froh und glücklich sind. Bei ihm können wir so sein wie wir sind, so wie er uns geschaffen hat, und wir müssen uns nicht in ein Klischee pressen oder hinter einer Fassade leben. Gott will uns frei machen von all diesen Bindungen und uns helfen. Er sagt, kommt her zu mir, alle die ihr mühselig und beladen seid, ich will euch erquicken! Ich bin so froh das erkannt zu haben.

Mir tun die vielen gläubigen Katholiken leid, die, so wie ich, von Kind an in diesem Glauben erzogen worden sind und gutgläubig in die Kirche gehen. Sie ahnen nichts davon, was sich hinter den Kulissen abspielt. Ich bin sicher, Gott hat noch viele Getreue, gerade auch in der katholischen Kirche, und er wird sie bewahren und zur letzten Zeit herausrufen. Gott urteilt nicht nach der Konfessionszugehörigkeit, sondern er sieht das Herz an. Viele haben sich von Satan nicht gefangen nehmen lassen, obwohl sie den wahren Gott noch nicht erkannt haben. Getrieben vom Heiligen Geist halten sie im Herzen Gottes Gebote, ohne sie zu kennen und lieben ihren Nächsten wie sich selbst. Gott hat sein Volk in allen Völkern, Sprachen, Nationen und Religionen.

Die Antwort meiner Eltern war jedenfalls: „Dann haben wir ja alles falsch gemacht". Und damit war schon alles gesagt. Sie wollten sich nicht mit der Wahrheit auseinandersetzen, sondern sie sahen darin vielmehr eine Schuldzuweisung an sich selbst. Dabei ging es überhaupt nicht um Schuldzuweisung, sonst dürfte man ja überhaupt keine neue Erkenntnis mehr annehmen.

Die Wahrheit ist immer hart, sie ist wie ein scharfer Pfeil, der mitten ins Herz trifft. Es gibt nur zwei Möglichkeiten damit umzugehen. Entweder man gibt sich geschlagen oder man kämpft dagegen an. Das ist wie mit dem Glauben. Entweder ich gebe zu, dass ich ein Sünder bin und mich aus eigener Kraft nicht erretten kann und deshalb einen Erlöser brauche. Dann streckt mir Jesus seine offenen Arme entgegen, vergibt mir und bezahlt meine Schuld. Durch meine Lebensübergabe an ihn in der Taufe werde ich ein neuer Mensch, ein Kind Gottes.

Oder ich lehne mich gegen die Wahrheit auf. Dann behaupte ich entweder kein Sünder zu sein oder glaube mich durch eigene Werke erlösen zu können und brauche deshalb keinen Erlöser.

Jesus sagt, wer nicht für mich ist, der ist gegen mich. Es gibt also keine neutrale Position dazwischen. Entweder wir stehen auf der Seite Gottes oder auf der Seite Satans. Die Menschen müssen sich darüber klar werden, eine „Kopf-in-den-Sand-Strategie" gibt es hier nicht. Jeder muss sich für eine Seite entscheiden und keine Wahl ist eine Wahl für Satan.

Gott kann es fügen, dass Menschen die Kraft aufbringen, ihre alten Vorstellungen über den Haufen zu werfen und umzukehren. Schließlich liebt er ja alle Menschen und er wird für jeden einzelnen alles ihm mögliche unternehmen, um ihn zu retten.

Was mich bei meinem Studium wunderte war, dass die römische Kirche nicht durch die protestantische Bewegung zu Fall gekommen war. Das Ende der Macht des kleinen Horns wurde durch die Gefangennahme des Papstes durch Napoleon in Folge der französischen Revolution herbeigeführt, also durch eine atheistische Bewegung und nicht durch den Protestantismus. Was war aus den Protestanten geworden, wo waren die aufgedeckten Wahrheiten über das kleine Horn geblieben? Beim Sturz des Papsttums spielten die Protestanten jedenfalls überhaupt keine Rolle.

Kapitel 6
Fallen auch die protestantischen Kirchen?

Die Getreuen standen auch in der Zeit des finsteren Mittelalters fest. Das Wort Gottes wurde von ihnen bewahrt, weiter erzählt, abgeschrieben, auswendig gelernt. Auf Basis der Heiligen Schrift waren sie immer in der Lage, die Verführungen Satans zu entlarven und an den Geboten Gottes festzuhalten. Namen wie Waldenser, Wiklif, Hus, Luther, Zwingli, Lefévre, Menno, Tausen, Tyndale, Knox und viele andere stehen für den Protest gegen die Lehren Roms in fast allen Staaten Europas. Trotz der päpstlichen Verfolgung, trotz Scheiterhaufen und Folter wuchs die Zahl der Getreuen ständig an. Sie machten die Bibel zu ihrer einzigen untrüglichen Autorität in Glaubensfragen und standen dafür ein, dass niemand gezwungen werden dürfe, Rom zu glauben.

Es kam so weit, dass ganze Staaten protestantisch wurden und sich von der päpstlichen Oberherrschaft lossagten, wie z.B. England und Böhmen. Die Gefahr des Protestantismus wurde für Rom immer größer. Rom steigerte seinen Kampf gegen die Häretiker, aber die Gedanken der Reformation schienen sich dadurch nur noch schneller auszubreiten.

Satan erkannte, dass er seine Strategie rasch ändern musste. Die Lage für Rom wurde immer schwieriger. Er konnte nicht länger durch Rom im offenen Kampf gegen die Getreuen und gegen Gottes Wort vorgehen. Zu viele waren jetzt schon aufmerksam geworden. Die Reformation stocherte täglich in der offenen Wunde herum und die Schmerzen wurden für Rom immer unerträglicher. Roms Stellung war nur noch durch massive Gewaltanwendung aufrechtzuerhalten. Satan musste jetzt unbedingt von Rom ablenken und eine neue Schachfigur ins Spiel bringen. Sein erstes und bestes Werkzeug, die römische Kirche, konnte er nicht mehr länger offen gebrauchen. Jemand anderes, eine neue Macht, müsste jetzt nach außen die Aufgaben Roms übernehmen. Am besten sollte es keine Verbindung zwischen der neuen Macht und Rom geben, ja noch besser, vielleicht wäre es gut, wenn sich die neue Macht sogar auch gegen Rom wenden würde. Natürlich wollte Satan die Zügel nicht aus der Hand geben, d.h. im Verborgenen wollte er weiterhin über Rom die Fäden ziehen. Dem standen die von der Reformation aufgedeckten Wahrheiten über das kleine Horn entgegen, die Rom ganz eindeutig mit dieser antigöttlichen Macht aus Daniel in Verbindung brachten. Satan musste es verhindern, dass Rom weiterhin angeklagt wurde, gegen Gott, sein Gesetz und gegen seine Nachfolger gekämpft zu haben. Er musste die von der Reformation aufgedeckten Wahrheiten wieder verdunkeln, denn ansonsten würde sein erstes Werkzeug, die römische Kirche, weiterhin am Pranger stehen. Was konnte Satan tun?

Auf meiner Suche stieß ich auf ein mehr als interessantes Gespräch, das am 27. September 1540 im Palast des Vatikans stattfand[8].

Papst Paul III sitzt an diesem Tag in seinem Privatgemach und mag sich die Frage gestellt haben, ob es denn noch schlimmer kommen könne. Die Reformation brauste wie ein Sturm über Europa, täglich kamen neue Schreckensmeldungen in den Vatikan. Wie lange könnte die römische Kirche diesem Druck noch standhalten? Immer mehr Gebiete schlossen sich der Reformation an. Die einfachen Gläubigen begannen bereits unruhig zu werden und an der eigenen Kirche zu zweifeln. Sie konnten nur noch mit Gewalt ruhig gehalten werden. Die römische Kirche war im Begriff ihre Vormachtstellung zu verlieren. Auch die Einnahmen der Kirche gingen stark zurück und der aufwendige Lebensstil des Klerus war in Gefahr. Der Papst wurde in seinen Gedanken durch eine Gruppe von Priestern unterbrochen, die eingetreten waren. Sie hatten den Papst um eine Audienz ersucht und es dringend gemacht. Ihr Anführer, eine hagere Gestalt, stellte sich als Ignatio von Lyola vor. Er sagte: „Heiliger Vater, das Papsttum und die katholische Kirche sind in tödlicher Gefahr. Was wir brauchen, ist eine moderne Waffe für eine völlig neue Kriegsführung. Geben sie uns ... eine neue Gründungsurkunde, wie es noch keine gegeben hat. ...Machen sie uns unabhängig von den Behörden vor Ort, unterstellen Sie uns der unmittelbaren Verantwortung Ihrer Heiligkeit. ... Wir werden überall hingehen, zu jeder Zeit, koste es, was es wolle, um jeden Auftrag zu erfüllen." Der Papst merkte auf. Er hatte hier keine vom ausschweifenden Lebensstil gezeichneten Priester vor sich, sondern er sah schlanke disziplinierte Leute, deren Tonfall mit einer Ernsthaftigkeit die gesagten Worte unterstrich. Sie hatten eine strenge, fast militärische Ausbildung durchlaufen und durch Meditationsübungen gelernt, ihren Willen in absolutem Gehorsam dem Vorgesetzten zu unterwerfen. Ignatio von Loyola fuhr fort: „Sie, eure Heiligkeit, sind der Stellvertreter Christi auf Erden und das Haupt der katholischen und universalen Kirche auf der ganzen Erde. Gott hat ihnen die Macht gegeben ketzerische Könige, Fürsten, Staaten, Staatsgemeinschaften und Regierungen abzusetzen oder aufzulösen. Alle, die ohne ihre heilige Bestätigung sind, können bedenkenlos vernichtet werden. Wir sind bereit, eurer Heiligkeit zu schwören, dass wir an jeden Ort der Erde gehen werden, um die ketzerischen, protestantischen und freidenkerischen Lehren auszurotten, sei es auf rechtmäßige Weise oder auch anders. Wir werden einen unbarmherzigen Krieg führen, geheim oder offen, um die Protestanten und Ketzer zu vernichten. Wir werden weder vor Alter, Geschlecht oder gesellschaftlicher Stellung haltmachen und sie auf alle erdenklichen Arten ums Leben bringen. Wenn wir das nicht öffentlich tun können, dann werden wir das heimlich tun durch Gift, den Dolch oder die bleierne Kugel. Unsere Ordensmitglieder werden dazu jederzeit bereit sein und sich in Kadavergehorsam ihrer Heiligkeit unterwerfen." [9]

Der Papst war mehr als beeindruckt von diesen Priestern, ihrer Entschlossenheit und ihrem Plan. Der Papst schöpfte neue Hoffnung. Sollte das die Lösung für die aktuellen Probleme der römischen Kirche sein? Es klang mehr als plausibel, dass die Reformation auf diese Weise wirksam bekämpft und gleichzeitig im Verborgenen ein weltweites geheimes Netzwerk aufgebaut werden könnte. Nachdem diese Priester sogar dazu entschlossen waren, sich in andere religiöse, gesellschaftliche und politische Systeme einzuschleusen, um dort verdeckt für die Ziele der Kirche zu kämpfen, ergaben sich hieraus für die Zukunft geradezu ungeahnte Möglichkeiten. Noch nie hatte es einen solchen Orden gegeben. Die Idee war einfach genial.

Der Papst stellte diese neue Gründungsurkunde aus. Der Name des Ordens war: „Gesellschaft Jesu" besser bekannt als Jesuiten-Orden.
Und die Jesuiten nahmen ihren Kampf der Gegenreformation sofort auf. Sie entwickelten neue Auslegungen für das Buch Daniel, damit das Papsttum nicht mehr mit dem kleinen Horn in Verbindung gebracht werden konnte. Die Jesuiten Alcazar und Ribera dachten sich den Präterismus und den Futurismus aus. Im Präterismus wird behauptet, das kleine Horn hätte sich schon in der Vergangenheit erfüllt. Ein regional unbedeutender König, Antiochus Epiphanus, solle angeblich den Tempel in Jerusalem durch ein Schweineopfer entweiht und die Juden 3½ buchstäbliche Jahre unterdrückt haben. Tatsächlich gibt es aber für diese Behauptung historisch keine Quelle und keinen Beweis. Außerdem erfüllt Antiochus natürlich nicht die Merkmale aus dem Steckbrief von Daniel über das kleine Horn. Der Futurismus interpretiert das kleine Horn derart, dass es erst in ferner Zukunft auftreten würde. Nach dieser Interpretation sollte der Antichrist aus dem Stamm Dan kommen und nach einer heimlichen Entrückung der Heiligen erscheinen.

Er sollte den Tempel wieder aufbauen, den christlichen Glauben abschaffen, selbst vorgeben, er sei Gott und dann die Welt in 3½ Jahren erobern. Wer die Bibel gelesen hat, für den ist das alles vollkommener Unsinn. Jesus wird für alle sichtbar in den Wolken des Himmels kommen und die Seinen auferwecken bzw. verwandeln und zu sich auf die Wolke nehmen. Eine heimliche Entrückung gibt es nur bei den Zeugen Jehovas, aber nicht in der Bibel. Dennoch ist es erstaunlich, wie sich diese beiden Lehren, der Präterismus und der Futurismus, in der katholischen Kirche festgesetzt haben, obwohl sie der heiligen Schrift vollkommen widersprechen. Ich denke wieder an Sokrates: „Nicht in der ersten Generation, aber du kannst es in der zweiten oder dritten Generation erreichen."

In der Folgezeit schlichen sich Jesuiten in die Reformation ein, gaben vor Protestanten zu sein und diskutierten und lehrten an protestantischen Universitäten, sie kämpften im Untergrund. Die Jesuiten gründeten auch ein Schulsystem und statteten es mit den besten Lehrern aus. Die sehr guten Lernerfolge veranlassten viele ahnungslose Eltern ihre Kinder den Jesuiten anzuvertrauen. Das verdeckte Ziel war jedoch, die Kinder umzuerziehen. Der verborgene Leitspruch der Jesuiten lautete: „Gib mir ein Kind in seinen ersten Schuljahren und ich werde immer einen getreuen Katholiken aus ihm machen."

Loyolas Truppen erzielten in allen Ländern Europas unglaubliche Erfolge und schon nach wenigen Generationen waren fast alle verlorenen Gebiete für den Papst zurückerobert. Fast unbemerkt ist der Protestantismus gefallen. Heute gibt es die Protestanten noch dem Namen nach, aber die Truppen Loyolas haben den Protestantismus unterwandert und von innen ausgehöhlt. Die Wurzeln des Protestantismus sind weitgehend in Vergessenheit geraten. Man erlebt heute, wie sich die evangelischen und protestantischen Kirchen der Kirche Roms wieder annähern, zusammen mit ihr ökumenische Gottesdienste feiern und erklären, dass die Differenzen aus der Reformation überwunden seien und das, obwohl die Kirche Roms bis heute keinen einzigen Lehrpunkt zurückgenommen hat.

Satan hatte gewusst, wenn er weiter durch die Kirche Roms die Getreuen verfolgen würde, dann würde der Protest schnell wieder aufleben. Deshalb bereitete er einen weiteren genialen Schachzug vor.

Sein Plan war so einfach. Er dachte sich einen echten Spionagethriller aus. Für den enttarnten Spion, die römische Kirche, wird ein Attentat vorgetäuscht, durch das der Spion angeblich ums Leben kommt. Der für tot gehaltene Spion kann damit in den Untergrund abtauchen und von dort aus seine Arbeit ungestört und sogar noch effektiver fortsetzen.

❖ ❖ ❖ ❖ ❖

Nach dem gestrigen Regenguss ist es heute trocken. Die Sonne schaut immer wieder zwischen gewaltigen Kumuluswolken hindurch, die sich zu riesigen Gebirgen am Himmel auftürmen. Es ist noch ziemlich frisch und so hatte ich heute wieder die Gelegenheit an meiner Geschichte zu schreiben. Wenn ich an den Aufstieg und Fall der Reformation denke, dann schaudert mich. Wie ist es möglich, dass Menschen aus der katholischen Kirche, die ihr Leben eigentlich Gott geweiht haben, zum Werkzeug Satans werden und so schlau und brutal vorgehen, dass die zunächst als unaufhaltbar scheinende Reformationsbewegung zu Fall gebracht wurde und heute praktisch fast nichts mehr von ihr übrig ist?

Diese neue Erkenntnis über die Gründung des Jesuitenordens war ein echter Hammer. Ein christlicher Orden, eine Gemeinschaft von angeblich Gläubigen, die den Namen Jesu in ihrem Namen tragen, verpflichten sich zu Lüge, Betrug, Täuschung, Gewalt, Folter und Mord, nur um dem Papst die Macht zu erhalten. Für mich ist das einfach unbegreiflich.

Verführt und verblendet Satan diese Systeme so sehr, dass sie selbst immer noch glauben dem wahren Gott zu dienen? Oder hat Satan einzelne in seine wahren Absichten eingeweiht? Wie ist es möglich, dass eine christliche Kirche im Namen Gottes Menschen verfolgt, quält und zum Glauben zwingt? Hat nicht Jesus allen eine freie Entscheidung zugestanden?

Es ist unglaublich, dass dieses Versprechen der Jesuiten, der „Schwur der höchsten Weihe" aufgezeichnet und heute öffentlich zugänglich ist und die Welt sich nicht empört. Vielleicht sagt man heute auch, dieser Schwur wird nicht mehr praktiziert. Aber es wäre doch andererseits auch ziemlich unklug, das öffentlich zuzugeben. Nachdem der Orden noch existiert, mächtiger als eh und je, und die Kirche, die sich niemals irrt, diesen Schwur und diesen Orden nicht verurteilt und aus der Kirche ausschließt, denke ich, muss man doch davon ausgehen, dass noch alles beim Alten ist.

Auf raffinierte und hinterhältige Weise ist damals die Reformation durch die Gegenreformation zu Fall gebracht worden, ohne dass die Protestanten das überhaupt bemerkt hatten. Biblische Lehren, wie z.B. die Sintflut, die jungfräuliche Geburt Jesu und die Auferstehung wurden durch die Bibelkritik und den Rationalismus als Mythen abgetan und Gelehrte der Reformation übernahmen diese Irrlehren. Es gelingt durch die Gegenreformation nicht nur die Protestanten dazu zu veranlassen, die Prophezeiungen aus dem Buch Daniel und Offenbarung zu verwerfen, sondern sie sogar dazu zu bewegen, rein katholische Lehren zu übernehmen, die der Bibel widersprechen, wie z. B. die Kindertaufe oder den Sonntag.

Schließlich wurde 1948 der ökumenische Rat der Kirchen gegründet, mit dem Ziel, die protestantischen Kirchen wieder zur Mutterkirche in Rom zurückzuführen. Der entscheidende Funke ist dabei aber erst durch die charismatische Bewegung übergesprungen, welche die protestantischen Kirchen ebenso erobert hat wie die katholische Kirche.

Was mich jedoch am meisten verwunderte, war, dass 1975 Protestanten und Katholiken sogar gemeinsam einen allgemeinen Katechismus veröffentlicht haben. In diesem 750-seitigen Buch ist unter anderem zu lesen:

1. Die moralischen Hinweise, die wir in den 10 Geboten und in der Bergpredigt finden, sind „zum großen Teil durch ihre Zeit und ihr kulturelles Umfeld bedingt".

2. Viele Stellen im Neuen Testament werden eher als Interpretationen beschrieben denn als historische Begebenheiten. Einige Aussagen Jesu wurden von seinen Aposteln „Jesus in den Mund gelegt"; Aussagen, die „der historische Jesus nie aussprach".

3. Themen, wie die körperliche Auferstehung Jesu, werden für den modernen Menschen als „dauerhaftes Problem", „voller Schwierigkeiten" gesehen.

Ich glaube, diese Aussagen muss man jetzt nicht mehr kommentieren. Hier wird die Bibel einfach zur Seite gelegt. Bin ich froh, ein festes Fundament zu haben und nicht auf so sandigem Boden zu stehen.

Ein wichtiger Grundsatz in der Ökumene lautet, jeder akzeptiert die Lehre des anderen, unterschiedliche Lehren können nebeneinander Bestand haben. Für mich heißt das nichts anderes, als dass es kein richtig und falsch mehr gibt und damit keinen Streit mehr um die Lehre. Es soll jeder in seinem Glauben, in seiner Konfession bleiben, die Mission und Evangelisation wird abgeschafft. Man macht sich nicht mehr gegenseitig die Gläubigen abspenstig. Es reicht aus, wenn alle die Oberherrschaft des Papstes als moralischen Führer anerkennen.

Wie wunderbar ist doch der Plan Satans aufgegangen. Der echte Protestantismus existiert praktisch nicht mehr und gleichzeitig hat das beste und erste Werkzeug Satans, die römische Kirche, wieder weltweites Ansehen und kann weiterhin seine Irrlehren verbreiten.

Wie leicht sich doch Menschen beeinflussen lassen, ohne sich selbst einen eigenen Standpunkt zu erarbeiten. Sokrates lässt grüßen.

Ich hatte schon erwähnt, dass mein Vater evangelisch ist. Ich hoffte, er würde meinen Standpunkt verstehen, schließlich stand ich doch mit diesen Erkenntnissen auf dem festen Fundament der Reformation. Aber ich musste leider feststellen, dass von der eigentlichen Reformation, für die so unzählige getreue Märtyrern ihr Leben gelassen haben, in seinem evangelischem Glauben heute praktisch nichts angekommen war. Er verteidigt seinen Glauben, ohne zu wissen, was er eigentlich glaubt, so wie ich es noch kurze Zeit vorher selbst getan hatte. Und ich kann und will ihm das auch gar nicht zum Vorwurf machen, ich finde es nur sehr traurig.

Wie weit würde Satan noch gehen? Einen erneuten Fehlschlag, wie die Enttarnung der römischen Kirche in der Reformation, konnte er sich nicht erlauben.

Jetzt musste er den Grundstein dafür legen, um die ganze Welt zu beherrschen und in die letzte große Schlacht ziehen zu können. Die Zeit war jetzt reif dafür.

Ich glaube, es wird langsam Zeit sich anzuschnallen, denn was jetzt kommt, das haut einen echt um.

Kapitel 7
Die tödliche Wunde

Die Geschichte nähert sich jetzt einem Ereignis, welches wir bereits im Buch Daniel betrachtet haben. Die Getreuen würden 1260 Jahre in die Hand des kleinen Horns, des Papsttums, gegeben. Und ich konnte feststellen, dass genau nach Ablauf dieser Zeit, Napoleon den Papst durch seinen General gefangen nehmen lässt und die Besitztümer der Kirche enteignet wurden. Das war scheinbar das Ende dieser antichristlichen Macht; und ganz Europa jubelte.

Ich suchte weiter, um noch mehr über diese Macht und ihr plötzliches Ende zu erfahren. Mich interessierte brennend, wie es weitergehen würde. Ich verglich dabei das Buch Daniel mit dem Buch der Offenbarung des Johannes, dem letzten Buch der Bibel. Dort fand ich in Kapitel 12 die Beschreibung des großen Kampfes, der im Himmel begann, die Niederlage Satans und seine Verbannung auf unsere Welt. Ich erfuhr auch, dass Satan, dargestellt als roter Drache, der da heißt Teufel und Satan, der die ganze Welt verführt, gegen die Gemeinde Gottes, die Getreuen kämpft und zwar zunächst 1260 Tage. Das ist die gleiche prophetische Zeitspanne von tatsächlichen 1260 Jahren, die schon bei Daniel erwähnt wurden. Anscheinend war ich auf der richtigen Spur.

Im Kapitel 13 wird gezeigt, wie der Drache, der für Satan steht, den Kampf gegen die Getreuen bewerkstelligt. Es erscheint ein Tier aus dem Völkermeer, welches die gleichen Eigenschaften hat wie das kleine Horn und sich auch so verhält. Es lästert Gott, kämpft gegen die Getreuen und überwindet sie 42 Monate lang. Die 42 prophetischen Monate entsprechen wieder den 3½ Jahren oder 1260 prophetischen Tagen oder buchstäblichen Jahren. Unstreitig schildert Johannes ebenfalls die Herrschaft des Papsttums. In diesem Bericht werden aber zwei wesentliche Punkte ergänzt. Zum einen steht hier, dass der Drache diesem Tier aus dem Meer seine Kraft, seinen Thron und große Macht gab. Und die Menschen beten den Drachen an, der dem Tier die Macht gab und beteten auch das Tier selbst an. Sie sprechen: Wer ist dem Tier gleich und wer kann mit ihm kämpfen?

Kann es wirklich sein, dass Satan das Papsttum entweder selbst entwickelt oder es verführt hat und für seine Zwecke benutzt? Stattet er es mit seiner Macht aus und mit seinem Thron? Das Papsttums also nicht der Stellvertreter Gottes, sondern der Stellvertreter des Widersachers auf dieser Welt? Das dürfte doch nicht ohne sein Wissen gehen. Später sollte ich zu diesem Punkt noch näheres erfahren. Jedenfalls legt der Text hier nahe, dass die treibende Kraft hinter der römischen Kirche Satan selbst ist. Weiterhin steht in diesem Text, eines der sieben Häupter des Tieres würde eine tödliche Wunde erhalten. Genau heißt es da: „Und ich sah eines seiner Häupter, als wäre es tödlich verwundet, und seine tödliche Wunde wurde heil."

Wurde das Papsttum nicht 1798 durch die Truppen Napoleons tödlich verwundet und ist diese Wunde nicht wieder geheilt? Heute hat die Kirche wieder all ihre enteigneten Besitztümer zurück und der Papst ist heute als der moralische Führer der ganzen Welt von allen Religionsgemeinschaften dieses Planeten anerkannt, wie z.B. die Friedensgebete der Weltreligionen in Assisi zeigen.

Das Wort Gottes sagt hier aber ausdrücklich, es sieht so aus, als wäre es tödlich verwundet. Wird hier nur eine tödliche Wunde vorgetäuscht?

Ich suchte weiter in der Geschichte. Was war geschehen, wie war es zu dieser tödlichen Wunde gekommen? Im Jahre 1789 begann die französische Revolution, die mit dem Sturm auf die Bastille ihren Höhepunkt erreichte. Die Königsherrschaft wurde in Frankreich abgeschafft, der König hingerichtet. 1793 erklärte die gesetzgebende Versammlung den Glauben an den Schöpfergott und die Anbetung der Gottheit zu verwerfen. Frankreich steht damit in der Weltgeschichte als einziger Staat da, der erklärte, dass es keinen Gott gebe. Dann begann eine Schreckensherrschaft. Alle Verdächtigen wurden verfolgt und hingemetzelt. Die Guillotine arbeitete Tag und Nacht. Wer von der Geistlichkeit nicht bereit war, Gott zu verleugnen, wurde hingerichtet, die römische Kirche wurde gedemütigt und verspottet. Wieder brannten öffentlich Bibeln.

Die französische Revolution führten Atheisten an, die eine neue Ordnung einführen wollten. Die Ziele der neuen Ordnung wurden mit den Schlagworten Freiheit, Gleichheit und Brüderlichkeit beschrieben, aber auch mit Rationalismus, Humanismus und Atheismus. Die zehn Gebote Gottes wurden neu geschrieben und hießen jetzt „Human Rights", Menschenrechte. Der Anfang einer neuen Weltordnung war geboren. Vorher hatte die römische Kirche die Getreuen und Gottes Wort verfolgt, jetzt kämpfte das neue System nicht nur gegen die Getreuen und gegen Gottes Wort, sondern auch gegen die römische Kirche.

Schließlich nimmt Napoleons General Berthier den Papst 1798 in Haft und steckt ihn ins Gefängnis, wo er stirbt.

Was haben diese Ereignisse mit Satans Plan zu tun, das war doch eine echte tödliche Wunde in der Geschichte und keine Vortäuschung einer tödlichen Wunde, oder? Wie war es überhaupt möglich gewesen, das Papsttum und die Kirche zu Fall zu bringen, wenn es seinen Thron und seine Macht von Satan selbst empfangen habe? Der Einzige, der stärker als Satan ist, das ist Jesus Christus, der Sohn Gottes! Die französische Revolution wurde aber gerade nicht von Protestanten im Namen Jesu angeführt, sondern von Atheisten! Wo war eigentlich der so mächtige Jesuitenorden abgeblieben, der jetzt schon seit mehr als 200 Jahren existierte und in allen Teilen der Welt so großartige Erfolge errungen hatte? Man müsste doch davon ausgehen, dass dieser Orden nach 200 Jahren Arbeit mit einer so genialen Strategie inzwischen die wichtigsten Schalthebel auf der ganzen Welt besetzt hat. Waren die Jesuiten ausgerechnet nicht in Frankreich? Und wenn sie doch in Frankreich waren, warum haben sie dann den Sturz des Papstes, dem sie geschworen haben, ihm bis zum Tod zu dienen, nicht verhindert?

Irgendetwas war an dieser Sache faul.

Ich habe weiter nach den Ursachen und Hintergründen der französischen Revolution gesucht. Sicherlich hatte die Schreckensherrschaft der römischen Kirche so viel Hass im Volk geschürt, dass es eigentlich logisch war, dass dieser sich einmal entladen würde. Aber wer stand hinter der französischen Revolution? Einer der hohen Eliteführer in der französischen Revolution war Robespierre, Führer der Jakobiner Clubs. Die Jakobiner wiederum waren die treibende Kraft der Revolution. Jakobiner Clubs waren nichts anderes als freimaurische Organisationen und es ist heute ganz offiziell, dass Freimaurer die französische Revolution angeheizt und organisiert haben. Das sagen die Freimaurer sogar selbst und sind auch heute ganz stolz darauf, nachzulesen auf ihren Webseiten.

Aber wer waren die Freimaurer und woher kamen sie?

Robespierre war das Haupt der Jacobiner, der Gründervater der Jacobiner war aber Adam Weishaupt. Sein bekanntestes Werk heißt „Illuminati". Die „Erleuchteten" (Illuminati) stellen die Führungselite der Freimaurer dar. Und wer war Adam Weishaupt? Und jetzt musste ich mich festhalten. Er war ein jesuitischer Professor vom kanonischen Gesetz.

Jetzt war ich sprachlos - warum eigentlich? War es nicht zu erwarten, dass die Geheimorganisation des Tieres aus dem Meer zum Vorschein kommt, wenn man etwas an der Oberfläche der Geschichte kratzt? Es arbeitete doch mit der Macht Satans und konnte sich damit die ganze Welt untertan machen, mit Ausnahme der Getreuen, die mit der Kraft Jesu widerstehen. Dennoch war diese Tatsache für mich ein weiterer Hammer. Das würde ja heißen, das Papsttum stünde indirekt hinter der französischen Revolution?

Man wird vielleicht behaupten, Adam Weishaupt war ein abtrünniger Jesuit, aber ich gehe davon aus, dass es bei diesem Eliteorden, der dem Papsttum Kadavergehorsam geschworen hat, keine Abtrünnigen gibt, das wäre für das System auch zu gefährlich. Echte Abtrünnige würden das sicherlich nicht überleben. Die Jesuiten haben vielmehr versprochen, in jede Rolle zu schlüpfen, um dem Ziel zu dienen und Weishaupt spielte seine Rolle, er spielte diese Rolle hervorragend.

Mir fiel natürlich sofort dieser Schwur der Jesuiten ein, alles zu tun, sich als alles auszugeben, nur um das Ziel, die Vernichtung der Getreuen, zu erreichen. Hatten die Jesuiten tatsächlich eine vordergründig atheistische Geheimorganisation gegründet, die ihnen helfen sollte, ihre Ziele in der Welt zu erreichen? Und haben die Freimaurer dann die französische Revolution inszeniert, die Königsherrschaft beendet und gleichzeitig die römische Kirche angegriffen, nur um vom kleinen Horn aus Daniel abzulenken? Kann es sein, dass alles nur ein abgekartetes Spiel war, die tödliche Wunde nur vorgetäuscht war, wie die Bibel sagt? Einfach unglaublich.

Mit der französischen Revolution und der Gefangennahme des Papstes durch Napoleon kamen die römische Kirche und das Papsttum jedenfalls aus dem Schussfeld, sie waren sogar selbst scheinbar die Verfolgten. Eine neue atheistische Macht hat den Kampf gegen die Getreuen übernommen. Wird diese Macht im Geheimen von Jesuiten geführt, die wiederum unmittelbar dem Papsttum unterstehen? Im Untergrund könnte so das Papsttum weiterhin durch seine geheimen Frontorganisationen die Ziele Satans verfolgen. Nach außen hin würde der Pontifex dagegen die bösen Mächte verurteilen und sich als moralischer Führer ausgeben.

❖ ❖ ❖ ❖ ❖

Ich sitze immer noch vor meiner Geschichte. Es ist schon spät geworden. Diese unglaubliche Spionagegeschichte fesselt mich selbst. Das Aufschreiben hilft mir dabei, vor allem auch meine eigenen Gedanken zu strukturieren und mir fallen immer wieder neue Puzzleteile ein, deren Bedeutung ich bisher noch nicht recht begriffen habe.

Kann das wirklich wahr sein, dass die katholische Kirche über den Jesuitenorden zum Schein ihren eigenen Untergang inszeniert hat, um im Untergrund, durch die in allen Ländern geheim operierenden Jesuiten und Freimaurer, die Herrschaft der Welt zu übernehmen und sie Satan zuzuführen? Ein unglaublicher Gedanke. Ist das nicht total verrückt? Allmählich bekomme ich Angst vor meiner eigenen Courage. Ich kann mir auch gut vorstellen, wie so mancher Leser spätestens jetzt diese ganze Geschichte als totalen Unsinn und betrachtet und das Buch in die Mülltonne wirft.

Aber meine Geschichte ist noch nicht zu Ende. Das Beste sollte erst noch kommen. Es wäre auch etwas dünn, sich aufgrund einer einzelnen Person, Adam Weishaupt, so eine Räuberpistole auszudenken.

Jetzt wieder im Ernst. Ich habe genauso gedacht, als ich das zum ersten Mal entdeckt habe. Dennoch passte alles in das Puzzle, so wie noch viele andere Teile. Das Bild nimmt langsam Gestalt an und was da erkennbar wird, ist wie ein Blick in den Abgrund.

Ich habe früher einmal George Orwell gelesen, „1984". Ist es nicht erschreckend, wenn man feststellen muss, das Geschichte nicht nur rückwirkend einfach geändert, ja gefälscht wird, wie das in Orwells Vision „1984" der Fall war, sondern dass Geschichte gezielt inszeniert und manipuliert wird, ohne dass die Menschheit das bemerkt? Wir sitzen naiv vor den Nachrichtenmagazinen des Fernsehens oder lesen die Tageszeitungen, ohne zu ahnen, dass wir nur die unwissenden Zuschauer, oft genug auch Leidtragende, eines inszenierten Welttheaters sind. Kann es tatsächlich sein, dass Geschichte ganz gezielt inszeniert wird, um die Menschheit zu einem bestimmten Punkt zu führen? Aus der Bibel war mir so ein Plan bereits bekannt, schließlich hatte ich für mein Bild ja zum Anfang die Leinwand gespannt, die Weltgeschichte aus der himmlischen Perspektive geschildert. Ich hätte mir damals nicht im Geringsten träumen lassen, dass ich den biblischen Bericht über Satans Pläne mit dieser Welt tatsächlich in meiner Realität heute so exakt wiederfinden würde. Satan war für mich als Herr und Fürst dieser Welt eine nicht greifbare Aussage gewesen. Sicherlich würde er die Welt irgendwie im Griff haben, versuchen die Menschen zu verführen, aber doch nicht wirklich, ganz praktisch und mich doch schon gar nicht.

Jetzt wurde mir langsam klar, es geht um mehr als nur um die Frage der richtigen Religionen. Es geht um eine ganz reale Gefahr, die ich bisher total unterschätzt habe. Es geht um die Existenz der Menschheit, es geht um mein persönliches Leben. Ich wollte mir gar nicht ausmalen, wie weit der

Feind weitere 200 Jahre später, in unserer Zeit heute, schon vorgedrungen sein würde.

Wer hat nicht im Jahre 1984 an Orwells Buch gedacht und geschmunzelt. Orwell hatte mit seiner Schreckensvision nicht Recht behalten, aber nicht so, wie das viel annahmen. Er hatte in seiner Phantasie nicht übertrieben, nein, er konnte nicht ahnen, dass es in Wirklichkeit noch viel schlimmer stehen würde, ohne dass die Welt auch nur die leiseste Ahnung davon hat.

Ich überlege jetzt, wie ich weitererzählen soll. Vielleicht sollte ich, bevor ich weiter über das Wirken dieser Organisationen spreche, zunächst auf ein anderes prophetisches Datum der Weltgeschichte eingehen, welches ich in der Schrift entdeckt habe. Es ist das letzte uns in der Bibel offenbarte Datum vor dem Weltende, der Zeitpunkt, ab dem der Große Kampf zwischen Licht und Finsternis zum Endspurt ansetzt.

Kapitel 8
Die Stunde seines Gerichts ist gekommen

Ich hatte beim Propheten Daniel gelesen, dass nach den 1260 Jahren päpstlicher Oberherrschaft und vor dem Aufrichten des Gottesreiches durch die Wiederkunft Jesu, Daniel ein Gericht sieht, das im Himmel gehalten wird[10]. Den genauen Zeitpunkt des Beginns dieses Ereignisses fand ich ebenfalls im Buch Daniel. Zunächst erhält Daniel 548 v. Chr. ein weiteres Traumgesicht[11], indem wieder die Weltreiche aufgeführt werden. Das babylonische Reich stand kurz vor seinem Fall. Deshalb beginnt diese Vision bereits bei Medo-Persien und Griechenland. Beide Reiche werden sogar mit Namen genannt. Dann rückt das Hauptinteresse Daniels in den Mittelpunkt. Es erscheint wieder das kleine Horn mit seinen Eigenschaften: Verdunkelung der Wahrheit, Verfolgung der Getreuen, Auflehnung und Kampf gegen Gott. Dadurch, dass sich das kleine Horn, das Papsttum, anmaßt, einerseits Sünden zu vergeben, ja den Sündenablass sogar gegen Geld und gute Werke verkauft und andererseits Menschen einfach von der Vergebung ausschließt, versucht es den Fürsprachedienst Jesu im himmlischen Heiligtum zunichtezumachen.

Das Wort Gottes sagt uns, dass jeder, der seine Schuld vor unserem Hohenpriester, Jesus Christus, bekennt und bereut, Vergebung erlangt. Er kann dabei direkt zu Jesus gehen. Dazu benötigt er nicht die katholische Kirche und das von ihr eingeführte Sakrament der Beichte. Der Sünder ist vor Gott schuldig und verdient nach dem göttlichen Gesetz die Todesstrafe. Aber durch den Erlösungsplan hat Jesus diese Todesstrafe am Kreuz selbst für alle Menschen übernommen. Die Bibel sagt uns: „Denn also hat Gott die Welt geliebt, dass er seinen eigenen Sohn gab, damit alle, die an ihn glauben, nicht verloren werden, sondern das ewige Leben erlangen." Das ist die frohe Botschaft des ewigen Evangeliums. Jesus bringt sein eigenes Blut für den Sünder im himmlischen Heiligtum als Sühne dar und rechtfertigt den Sünder vor dem Vater. Das himmlische Heiligtum ist also nichts anderes, als der himmlische Gerichtshof. Die Anklage kommt von Satan. Er beschuldigt Gott der Ungerechtigkeit und die Getreuen der Sünde. Gott Vater hat das Gericht Jesu übergeben. Jesus ist damit Richter und Verteidiger. Er hat auch die Strafe für uns Sünder durch seinen Tod bezahlt. Alle, die mit ihrer Schuld und mit reumütigem Herzen zu Jesus kommen, werden vor diesem Gericht gerechtfertigt und freigesprochen, ganz umsonst, ohne Geld, ohne durch gute Werke bezahlen zu müssen, ohne sich durch Bußübungen zu kasteien.

Das Papsttum hat den Dienst Jesu verdunkelt und sich selbst diese Vollmacht erteilt, um eigene Vorteile daraus zu ziehen. Deshalb spricht Daniel hier von einer Verwüstung des Dienstes Jesu im himmlischen Heiligtum. Aber das Papsttum hat diese Religion der Selbsterlösung durch eigene Werke nicht erfunden. Satan hat diesen Gedanken schon in das Herz Kains gepflanzt, dem ersten Sohn Adams und Evas. Er hatte bereits anstelle des Lammopfers, welches für den Glauben an einen Erlöser steht, Gott Feldfrüchte zum Opfer dargebracht, die Früchte seiner Hände Werk. Dieser Gedanke der Selbsterlösung ist Grundlage aller heidnischen Religionen und die Menschen wollten durch die ganze Menschheitsgeschichte hindurch dieser Version eher Glauben schenken, als der Erlösung durch Jesus Christus.

Daniel fragt den Engel, wie lange dieser Zustand der Verdunkelung des Fürsprachedienstes Jesu für die Menschen andauern wird? Die Antwort lautet: „Bis 2300 Tage vergangen sind; dann wird das Heiligtum wieder gereinigt werden."[12] Das heißt, ab einem bestimmten Zeitpunkt wird Jesus, unser Hohepriester, unser Verteidiger vor Gericht und unser Richter, der uns freispricht, dieser Verdunkelung seines Dienstes dadurch ein Ende machen, dass der himmlische Gerichtshof mit der Gerichtsverhandlung beginnt. Zur gleichen Zeit wird Gott auf Erden diese Irrlehre des Papsttums durch die Getreuen aufdecken und wieder die frohe Botschaft der Erlösung aus Glauben predigen lassen.

Inzwischen wusste ich schon mit prophetischen Tagen umzugehen. Der Engel spricht von 2300 prophetischen Tagen, es ist hier also von 2300 tatsächlichen Jahren die Rede. Den Anfang dieser Zeitspanne fand ich im nächsten Kapitel des Buches Daniel, wo ihm ungefähr zehn Jahre später der gleiche Engel noch einmal erscheint, um den Beginn dieser Zeitspanne zu erklären: „Von der Zeit an, da der Befehl erging, Jerusalem solle wieder aufgebaut werden..."

Nach der Zerstörung Jerusalems durch Nebukadnezar und der babylonischen Gefangenschaft gab Xerxes diesen Befehl im Jahre 457 v. Chr. Zu diesem Zeitpunkt beginnen also die 2300 Jahre. Berücksichtigt man jetzt noch, dass das Jahr „Null" nicht existierte, dann führt uns diese Zeitprophetie direkt ins 19. Jahrhundert, ins Jahr 1844.

Was geschah im Jahr 1844?
Zunächst war das vorhergesagte Ereignis von den Menschen nicht zu sehen, da es im Himmel stattfand. Im Jahre 1844 begann Jesu, nach der Vision Daniels, das Heiligtum, den Gerichtshof, zu reinigen. Das Gericht wurde gehalten. Daniel beschreibt, wie Throne aufgestellt und Bücher geöffnet werden und Jesus zum Gericht kommt. Es ist ein Gericht für die Heiligen. Die Getreuen, die von Satan der Sünde angeklagt sind, werden von Jesus durch sein Blut gerechtfertigt und freigesprochen. Der Fall jedes einzelnen Menschen, der sein Leben im Glauben und im Vertrauen auf seinen Erlöser, Jesus Christus, gelebt hat, der Vergebung seiner Sünden aufgrund des Opfers des Gottessohnes beansprucht, wird in diesem Gericht verhandelt. Es sind ja nur die Getreuen, die sich wünschen von Gott gerechtfertigt zu werden, alle anderen, die von Gott nichts wissen wollen, glauben ja, auf irgendeine andere Weise Erlösung zu erlangen. Der Fall jedes einzelnen Getreuen wird sorgfältig geprüft. Jesus beginnt dabei mit den bereits Verstorbenen und geht dann zu den Lebenden über. Wenn dieser Akt für alle Gläubigen vollzogen ist, dann kann Jesus wiederkommen und die Seinen zu sich holen.

In der Welt haben die Getreuen diese Prophezeiungen in Daniel studiert und sind zu dem Ergebnis gekommen, dass 1844 etwas Wichtiges geschehen würde. Sowohl in Europa, als auch in Amerika forschte Gottes Volk in seinem Wort und kam unabhängig voneinander zu dem Ergebnis, dass das Ende aller Dinge nahe war. Die meisten glaubten, es handle sich bei dieser Zeitangabe um die Wiederkunft Jesu. In Amerika war der Führer dieser Bewegung William Miller, in Deutschland Dr. Wolff, ein Jude. Wolff verkündigte seine Botschaft in Afrika, Ägypten, Indien und in den Vereinigten Staaten vor dem Kongress in Washington. In Großbritannien verkündigten zu dieser Zeit ca. 700 Prediger der anglikanischen Kirche die Botschaft vom Kommen Jesu im Jahr 1844. In Deutschland predigte diese Botschaft der berühmte Bibelgelehrte Bengel, in Frankreich und in der Schweiz predigte Gaussen, einer der hervorragendsten und beliebtesten Französisch sprechende Prediger.
Insgesamt kam es in dieser Zeit zu einer der größten weltweiten Erweckungsbewegungen, die für das Jahr 1844 das Ende der Welt erwartete. Als diese Zeit ohne das erhoffte Ereignis verstrich, kam es zu einer großen Enttäuschung. Diese ernsthaften gläubigen Menschen waren jetzt dem Gespött der Ungläubigen ausgesetzt und die Bewegung zerstreute sich. Einige errechneten immer neue Zeitpunkte, wie z.B. die Zeugen Jehovas, die in die-

ser Zeit entstanden. Andere gingen wieder zurück in ihre Konfessionen. Manche fielen ganz vom Glauben ab.

Gott hatte diese Enttäuschung zugelassen, er wollte die Getreuen einer harten Prüfung unterziehen. Den wenigen, die dennoch standhaft blieben, die auch nach der Enttäuschung Gott weiterhin vertrauten und ihn fragten, wo der Irrtum lag, offenbarte Gott wenige Tage später die himmlischen Ereignisse, die zu dieser Zeit stattgefunden hatten. Es war nur eine kleine Schar, die auch in der größten Krise ihr ganzes Vertrauen auf ihn gesetzt hatte, für Gott genau die richtigen Mitarbeiter. Aus ihnen wollte er eine weltweite Bewegung machen, die das ewige Evangelium allen Völkern, Sprachen und Nationen verkündigen und die Welt auf die nahe Wiederkunft Christi vorbereiten sollte. Sie wurden beauftragt, noch einmal die Botschaft vom Schöpfergott hinauszutragen, dem allein Anbetung gebührt, und die Welt darüber zu informieren, dass die Stunde des Gerichts gekommen sei. Sie sollten die Welt darüber informieren, dass die Sünde durch Jesu Tod am Kreuz besiegt war und jeder Vergebung erlangen könne. Und sie sollten die Menschen darauf hinweisen, dass sie durch die Gerechtigkeit ihres Erlösers und die Kraft des Heiligen Geistes neue Menschen, Kinder Gottes, werden können und ein Leben im Gehorsam gegenüber Gottes Geboten möglich sei. Sie sollten die Menschen aber auch eindringlich davor warnen, den falschen Lehren Satans zu folgen und sich in falscher Anbetung vor Satan und seinen weltlichen Vertretern zu beugen.

Wenige Jahre nach der großen Enttäuschung von 1844 wurde unter Führung des Geistes Gottes die Gemeinschaft der Siebenten-Tags- Adventisten gegründet, deren Glaubensbasis bis heute allein die Heilige Schrift ist. Sie halten die Gebote Gottes, so wie Gott sie gegeben hat, einschließlich des siebenten Tages, dem Sabbat, als Gedenktag für den Schöpfer. Und sie verkündigen das ewige Evangelium in der ganzen Welt.

Satan konnte diese Offensive Gottes nicht unbeachtet lassen. Unter Gottes Schutz würde das Wort Gottes wieder unverfälscht gepredigt und so seine eigenen Pläne aufgedeckt werden. Noch einmal müsste er seine Taktik anpassen. Er wusste, mit Beginn des Gerichts im Himmel hatte Gott die letzte Zeitepoche für diese Welt eingeläutet. Satan würde nur noch wenig Zeit zur Verfügung stehen, um seine Pläne auszuführen. Deshalb startete er dieses Mal eine Generaloffensive an allen Fronten. Die Werkzeuge dafür hatte er von Rom schon vorbereiten lassen. Wenn die Verbreitung der Bibel nicht mehr aufzuhalten war, dann konnte er nur noch ihre Glaubwürdigkeit untergraben und die Menschen einfach davon abhalten, sich mit dem Wort Gottes auseinanderzusetzen. Die Lösung war noch einmal die Verfolgung und Ausrottung von Getreuen in Teilen der Welt sowie eine Explosion der Angebote und des Wissens in allen Bereichen des menschlichen Lebens.

Das Papsttum konnte über seine geheimen Frontorganisationen nur noch inoffiziell arbeiten. Satan benötigte zur Umsetzung seiner Pläne aber die Legislative und die Exekutive. Er benötigte die Staatsgewalten, um Gesetze erlassen zu können und deren Durchsetzung zu erzwingen. Dabei wollte er nicht noch einmal in die gleiche missliche Lage gelangen, wie mit der römischen Kirche. Würde er eine neue weltliche Macht für eine Schreckensherrschaft aufbauen, dann könnte die Welt rasch mit dem Finger auf diese Macht zeigen. Satan wollte es diese Mal raffinierter einfädeln. Die von ihm instrumentalisierte Macht, mit der er das Papsttum und die römische Kirche wieder zu Ehren bringen wollte und mit der er seinen letzten großen Angriff plante, durfte folglich keine böse Macht sein, sondern sie musste als gute Macht auftreten, als Retter der Menschheit. Um das aber glaubhaft zu machen, brauchte er auch einen Bösewicht, gegen den der Gute siegen könnte. Er würde also ein atheistisches politisches System aufbauen, das in großen Teilen der Welt Angst und Schrecken verbreitet, das Werk der Verfolgung der Getreuen offen fortsetzt und abermals Bibeln verbietet und verbrennt. Als Gegenpart dazu würde er eine weitere politische Macht ins Leben rufen, die das Böse verurteilt und gegen das Böse in der Welt kämpft; eine Macht, die für die Freiheit der Menschen eintritt, eine Macht, mit der sich die Menschheit positiv identifizieren kann. Das Ganze musste so echt aussehen, dass alle Menschen dadurch verführt werden können.

Aber Satan wollte noch mehr unternehmen. Er würde das geistliche Angebot vervielfachen, so dass sich am Ende keiner mehr auskennt. Er würde die Wissenschaft dazu gebrauchen, zu beweisen, dass die Schöpfung nur ein Märchen sei. Und er würde eine ganz neue Tür öffnen, das Augenmerk auf einen neuen Schauplatz richten, den technischen Fortschritt. Die Menschen sollten auf so vielerlei Weisen beschäftigt werden, dass sie immer weniger Zeit haben und vollständig damit beschäftigt sind, ihr Leben zu meistern. Für den Glauben an Gott würde so keine Zeit mehr bleiben. Außerdem wollte er versuchen, die Getreuen abermals zu unterwandern, von innen heraus zu verführen und zu vernichten.

Es war wirklich eine Generaloffensive in allen Bereichen, die die Welt seit 1844 erlebt hat. Es ist sicherlich kein Zufall, dass Charles Darwin sein Werk über die Evolution des Lebens ausgerechnet im Jahre 1844 veröffentlichte. Durch diese Theorie sollte der Schöpfergott und seine Erschaffung der Welt in sieben Tagen endgültig als Märchen abgestempelt werden. Mit der Erfindung des Motors durch Otto 1862 und der Glühbirne durch Edison 1879

wurde die industrielle und technische Entwicklung eingeläutet. Ebenfalls im Jahre 1844 ist C. Benz geboren, der das erste Auto baute.
Fast 6000 Jahre Erdgeschichte waren dadurch bestimmt worden, wie schnell ein Mensch gehen oder ein Pferd laufen konnte. Aber jetzt sollte der Mensch in weniger als 150 Jahren sogar bis zum Mond reisen; welch eine Explosion.
Ebenfalls im Jahr 1844 schrieb Karl Marx das kommunistische Manifest und rief damit den Kommunismus ins Leben, der sich über Russland und China auf die Welt mit Gewalt, Terror und Glaubensverfolgung ausbreiten würde. Es durfte mich jetzt eigentlich nicht mehr verwundern, als ich dabei feststellen musste, dass Karl Marx ein Jesuit war und Marx, Lenin, Engels und auch Stalin als hochrangige Diener der weltweiten Geheimorganisation angehörten. Ist der Kommunismus also kein Zufall der Weltgeschichte, sondern Teil des Großen Plans Satans, ausgeführt von den geheimen Frontorganisationen des Tieres aus dem Meer?
Auf der anderen Seite des Atlantiks befanden sich zur gleichen Zeit die Vereinigten Staaten von Amerika in ihrer Gründungs- und Aufstiegsphase zur Weltmacht. Sollten sie der „Gute" sein, der Gegenspieler des „bösen Kommunismus" in der Welt? Den ersten Hinweis darauf fand ich jedenfalls im Zusammenhang mit der Gründung der Vereinigten Staaten von Amerika. Die Unabhängigkeitserklärung der USA wurde ausschließlich von Freimaurern unterzeichnet, d.h. bei der Entstehung der Vereinigten Staaten und deren Aufbau hatte wieder diese Geheimorganisation ihre Finger im Spiel.
Es ist jetzt auch nicht mehr verwunderlich, dass im Jahr 1848 in Nordamerika auch der moderne Spiritismus seinen Ursprung fand. Das geschah durch die Fox Schwestern in Hydesville, New York.

Für mich nahm mein Bild immer klarere Züge an. Unstrittig hat sich gerade seit 1844 die Welt wirklich grundlegend geändert. Die Bibel hat das vorausgesagt. Wieder einmal hatte sich mein Fundament als standfest erwiesen. Mit erschreckender Zuverlässigkeit erfüllt sich Prophezeiung um Prophezeiung.

❖ ❖ ❖ ❖ ❖

Für die Kinder hat heute wieder der Ernst des Lebens begonnen, die Schule. Meine Tochter wird ihre erste Lateinstunde und mein Sohn seine erste Englischstunde haben. Mein Sohn hat es dabei etwas leichter, weil er ja schon in den letzten beiden Jahren immer wieder bei seiner Schwester sehen und hören konnte, was da auf ihn zukommt. Meine Tochter dagegen muss sich alles hart erarbeiten, das Los des älteren Geschwisterkindes. Ich bin so froh, dass wir die Kinder hier bei uns zuhause unterrichten können, fern von den vielen negativen Einflüssen, die es heute an den Schulen gibt. Ich meine damit nicht nur die negativen Einflüsse, die die Kinder aus kaputten Familien, aus dem Fernsehen und von der Straße mit in die Schule bringen. Die Gewalt und die Sprache der Kleinsten sind teilweise erschreckend. Ich denke vor allem auch an das Erziehungskonzept in den Schulen. Nach Gottes Plan soll an erster Stelle die Charaktererziehung der Kinder stehen, an zweiter Stelle sollen handwerkliche Fähigkeiten vermittelt werden und erst an dritter Stelle die geistige Ausbildung erfolgen, also die Vermittlung von Wissen. Diese Reihenfolge ist deshalb so gewählt, weil die Charaktererziehung das Wichtigste und Schwierigste ist und der Charakter der Kinder gerade in den frühen Jahren für ein Leben geprägt wird. Wird diesem Teil nicht die höchste Aufmerksamkeit gewidmet, kann das zu irreparablen Folgen kommen. Die handwerkliche Erziehung steht deshalb an zweiter Stelle, weil die Kinder in den ersten Schuljahren noch überhaupt nicht die geistige Reife haben, um das Wissen in dieser Komplexität und Fülle theoretisch wirklich zu erfassen. In diesem Alter lernen sie viel besser durch Anfassen. Die handwerkliche Arbeit mit natürlichen Materialien ist dabei am besten geeignet ihnen nützliche Fähigkeiten zu vermitteln. Erst an dritter Stelle sollte die theoretische Wissensvermittlung stehen. Untersuchungen haben gezeigt, dass Kinder, die später mit der Theorie beginnen, die Rückstände schnell aufholen, ja sogar die anderen bald überholt haben. In den meisten Schulsystemen heutzutage sind diese Schwerpunkte gerade auf den Kopf gestellt. An erster Stelle wird theoretisches Wissen vermittelt. Anstelle der Vermittlung handwerklicher Fähigkeiten beschränkt sich die körperliche Betätigung auf eine Sportstunde, in der in Wettkampfsportarten der Egoismus und das Ellenbogendenken gefördert werden. Die Charaktererziehung bleibt fast völlig auf der Strecke, ist in diesen großen Klassen auch meist nicht möglich. Welche Früchte dieses System trägt, erlebt man in der Spitze fast täglich, wenn die Medien über Persönlichkeiten des öffentlichen Lebens berichten, die zwar über eine herausragende Intelligenz verfügen, aber über ihre Charaktereigenschaften zu Fall kommen und der Korruption, der Bestechlichkeit, der Falschaussage oder moralischer Verfehlungen angeklagt werden. Und beim kleinen Mann sieht es oft nicht besser aus, hier zählen doch z.B. Versicherungsbetrug oder Steuerhinterziehung zu den Kavaliersdelikten.

Unser heutiges Schulsystem geht im Wesentlichen auf die von den Jesuiten zurzeit der Reformation gegründeten Schulen zurück. Das Ziel war damals, die Kinder von der Wahrheit des Wortes Gottes wegzuführen und gute Katholiken aus ihnen zu machen. Sie haben bereits diese Schwerpunkte in der Erziehung der Kinder damals auf den Kopf gestellt und die Eltern waren begeistert, weil ihre Kinder so viel wussten. Die Charaktererziehung und der Gehorsam gegen Gott und gegen die Eltern sind dabei bewusst auf der Strecke geblieben. Deshalb ist es nicht verwunderlich, wenn sich auch die Schulen heute mit allem anderen beschäftigen, nur nicht mit dem Wort Gottes. Untersuchungen haben heutzutage ergeben, die Flut an theoretischem Informationsangebot trägt dazu bei, dass die Informationen im Gehirn nicht mehr bewertet, sondern einfach abgespeichert werden. Das macht sich z.B. die Werbeindustrie zu Nutzen, indem sie bei den Werbespots mit immer kürzeren Filmschnitten gerade keine Zeit mehr lässt, die Information zu beurteilen. So gelangt die Werbebotschaft ungefiltert in unser Unterbewusstsein und wirkt sich direkt auf unser Konsumverhalten aus. Kinder, die in der Schule mit einer theoretischen Informationsflut buchstäblich erschlagen werden, entwickeln sich so zu Nachplapperern fremder Gedanken und gerade nicht zu eigenständig denkenden Menschen. Dem System kann das nur recht sein.

Wenn ich zurück denke an Deutschland, dann ist uns das schon sehr bald klar geworden. Als unsere Tochter nur wenige Wochen den Kindergarten besuchte, hatte sich bereits ihr Wesen und ihre Verhaltens- und Ausdrucksweise sehr zu ihrem Nachteil verändert. Wir haben sie daraufhin wieder aus dem Kindergarten genommen und seither selbst versucht, in unseren Kindern das Gute zu fördern und sie zum Gehorsam, zur Ehrlichkeit, zur Zuverlässigkeit, zum Fleiß und zur Achtung vor den Eltern und den Mitmenschen zu erziehen. Zur schulischen Erziehung unserer Kinder sind wir deshalb ins Ausland gegangen, wo wir sie mit dem Material der deutschen Fernschule zuhause unterrichten. Das funktioniert wunderbar und ich kann das nur jedem bestens empfehlen.

Ich hatte mich auf meiner Suche nach der Wahrheit sehr rasch dazu entschieden, meinem Gott, der sich mir durch sein Wort offenbarte, zu gehorchen und zu dienen. Das hatte zur Folge, dass ich aus der katholischen Kirche austrat und Siebenten-Tags-Adventist wurde. Ich ließ mich erneut taufen, dieses Mal aber durch meine eigene freie Entscheidung. Für mich war es eine Ehre und ein Vorrecht durch diese Entscheidung jetzt einer der Getreuen sein zu dürfen. Ich war mir bewusst, dass damit nicht nur eine große Verantwortung verbunden war, sondern ich mich auch der Verfolgung durch Satan aussetzte. Aber wohin hätte ich sonst gehen sollen? Ich war bereit, mein ganzes Vertrauen auf Gott, meinen Herrn und Heiland, zu setzen. Er hatte mir in seinem Wort gesagt, ich solle mich nicht fürchten, er kann mich erhalten und er weiß auch, wie viel er mir zumuten kann. Ich war mir ganz sicher und bin es heute umso mehr, Gott liebt mich und hält mich ganz fest an seiner Hand. Nichts auf dieser Welt würde mich von seiner Liebe trennen können, nur mein eigener freier Wille.

Natürlich habe ich weiter studiert und gesucht. Gott hat meiner Frau und mir dabei gezeigt, dass Kinder eine Gabe Gottes sind, eine Leihgabe, die er uns anvertraut, damit wir sie für ihn erziehen. Wir sollen sie auf ein nützliches Leben in dieser Welt und auf das ewige Leben in einer neuen Welt vorbereiten, ihm zur Ehre.

Ich bin Gott so dankbar, er hat uns auch die Möglichkeiten dazu geschenkt. Wie viele Kinder haben sich damit abzufinden, dass beide Eltern Geld verdienen müssen oder ein Elternteil wegen Scheidung oder aus anderen Gründen nicht da ist. Und wie schnell werden sie dann zu Schlüsselkindern und die Erziehung wird von anderen übernommen, von den Kindern der Straße, dem Fernsehen oder auch ganz gezielt von einem System, das weitgehend vom Widersacher unterwandert und gesteuert wird.

Wenn ich an meine Geschichte denke, dann finde ich es schon sehr erstaunlich, was seit dem letzten prophetischen Datum in der Schrift, 1844, alles geschehen ist. Unsere Welt ist seither eine andere geworden. Es war wirklich eine Generaloffensive in allen Bereichen des Lebens. Der ganze Fortschritt, der uns eigentlich das Leben erleichtern sollte, hat dazu geführt, dass wir wirklich keine Zeit mehr haben und rastlos und gestresst einem Ziel nachjagen, das keiner mehr kennt. Auf der Strecke geblieben sind dabei nicht nur die Umwelt und das Klima, auch unsere Werte, unsere Moral und vor allem auch die Familien, die Mitmenschlichkeit, die zwischenmenschlichen Beziehungen und nicht zuletzt, unsere Beziehung zu Gott.

Eigentlich verläuft für Satan alles nach Plan. Schon vor fast 2000 Jahren hat Gott in seinem Wort diese unsere Zeit, die letzte Zeit, wie folgt beschrieben:[13] „Das sollst du aber wissen, dass in den letzten Tagen schlimme Zeiten kommen werden. Denn die Menschen werden viel von sich halten, geldgierig sein, prahlerisch, hochmütig, Lästerer, den Eltern ungehorsam, undankbar, gottlos, lieblos, unversöhnlich, verleumderisch, zuchtlos, wild, dem Guten feind, Verräter, unbedacht, aufgeblasen. Sie lieben die Wollust mehr als Gott; sie haben den Schein der Frömmigkeit, aber deren Kraft verleugnen sie; ... Zu ihnen gehören auch die, die immer auf neue Lehren aus sind und nie zur Erkenntnis der Wahrheit kommen können. ... Es sind Menschen mit zerrütteten Sinnen, untüchtig zum Glauben."

Denke ich darüber nach, dann komme ich immer mehr zu der Erkenntnis, dass wir heute wirklich in dieser letzten Zeit leben, wie das schon Daniel vor mehr als 2500 Jahren vorausgesagt hatte. Wenn ich mir bewusst mache, wie es Satan gelungen ist, die Menschen zu beschäftigen und ihr ganzes Leben, Denken, Fühlen und Wollen gefangen zu nehmen, dann schaudert mich. Für jeden Menschen hat Satan die richtige Strategie. Dem einen schenkt er Erfolg und Macht, und der Mensch wird danach süchtig, arbeitet Tag und Nacht, rafft Reichtümer und ist doch nie zufrieden. Andere stürzt er ins Elend, in Krankheit, Scheidung, Arbeitslosigkeit, so dass sie die Sorgen buchstäblich erdrücken und sie keine anderen Gedanken mehr fassen können. Wieder andere spricht er über die Sinne an und lässt sie in Fress- oder Magersucht, in Alkohol, Tabak und Drogen untergehen.

Darüber hält er die Welt durch immer neue Erfindungen in Atem, durch Konflikte, Kriege, Katastrophen oder auch durch die Börsenkurse. Wer hat noch die Zeit, um sich wirklich über die Fragen des Lebens Gedanken zu machen, um nach Gott zu fragen? Wer hat noch die Zeit einfach einmal inne zu halten, sich irgendwo ruhig hinzusetzen und nichts zu tun außer nachzudenken? Der Terminkalender und die vielen Dinge, die erledigt werden müssen, halten viele davon ab. Und wer hat, selbst wenn er Gott kennt, wirklich die Zeit, um täglich eine lebendige Beziehung zu ihm aufrecht zu erhalten?

Satan hat überhaupt kein Problem mit gläubigen Menschen, die regelmäßig den Gottesdienst besuchen, Bibelstunden halten, sich in der Gemeinde engagieren, Aufgaben und Verantwortung übernehmen. Solange sie keine Zeit haben für die persönliche Andacht, in der sie auf ihren Knien eine lebendige Beziehung zu ihrem Gott und Heiland suchen, kann Satan nur zufrieden sein.

Der Himmel ist heute etwas bedeckt. Dunkle schwere Wolken hängen im Norden über den Bergen, während es von Süden her aufreißt und immer wieder die Sonne durchbricht. Zwei Wochen sind erst vergangen, seit ich begonnen habe zu schreiben; es kommt mir schon wie eine Ewigkeit vor. Jetzt bin ich an einen schwierigen Punkt gekommen. Wie soll ich weitererzählen? Wie kann man eine chaotische Zeit mit progressiven Entwicklungen in allen Bereichen geordnet zu Papier bringen?

In der Bibel, im Buch der Offenbarung, wird diese Geschichte weitererzählt. Zuletzt haben wir das Tier, welches aus dem Völkermeer hervorkam, das Papsttum, betrachtet. Es hatte eine scheinbar tödliche Wunde erhalten, diese Wunde war aber wieder geheilt. Was geschah dann?

Johannes sieht ein zweites Tier aufsteigen...

Kapitel 9
Amerika in der Prophetie

Nachdem das Papsttum als aktive Weltmacht in der Versenkung verschwinden musste und es, wie wir gesehen haben, seinen eigenen Abgang inszeniert hatte, war jetzt die Zeit gekommen für eine neue Weltmacht.

Johannes sieht in der Offenbarung [14)] nach dem ersten Tier, das seine Kraft, seinen Thron und große Macht von Satan erhalten hatte, ein zweites Tier aufsteigen: „Und ich sah ein zweites Tier aufsteigen aus der Erde, das hatte zwei Hörner wie ein Lamm und redete wie ein Drache. Und es übt alle Macht des ersten Tieres aus vor seinen Augen, und es macht, dass die Erde und die darauf wohnen, das erste Tier anbeten, dessen tödliche Wunde heil geworden war. Und es tut große Zeichen, so dass es auch Feuer vom Himmel auf die Erde fallen lässt vor den Augen der Menschen, und es verführt, die auf Erden wohnen, durch die Zeichen, die zu tun vor den Augen des Tieres ihm Macht gegeben ist;"

Eine neue Weltmacht betritt die Bühne der Weltgeschichte. Wie kann dieses zweite Tier identifiziert werden? Ich habe zunächst überlegt, wer heute die führende Weltmachtstellung einnimmt. Es ist unbestritten, dass es sich hierbei um die Vereinigten Staaten von Amerika handelt. Wer könnte sich auf der Welt dem Einfluss und der Macht der USA widersetzen? Ich war gespannt, ob der biblische Steckbrief über das zweite Tier, das Johannes in der Offenbarung gesehen hatte, in den Vereinigten Staaten von Amerika seine Erfüllung finden würde.

Im Gegensatz zum Papsttum kommt dieses zweite Tier nicht aus dem Völkermeer, sondern aus der Erde. Das Papsttum war aus dem Völkermeer Europas aufgestiegen. Das zweite Tier kommt jetzt aus der Erde, dem Gegenteil eines Völkermeers. Diese neue Weltmacht musste also auf relativ unbewohntem Gebiet entstehen. Der neu entdeckte Kontinent Amerika war so ein Gebiet. Amerika war durch europäische Auswanderer gegründet worden, von Protestanten, die vor der Verfolgung der römischen Kirche in die neue Welt geflohen waren, auf einen relativ unbewohnten Kontinent.

Das Tier hat zwei Hörner, wie ein Lamm. Es handelt sich folglich um eine Imitation des Lammes Gottes. Die Grundlage der neuen Republik sollte die Gewissensfreiheit und die Glaubensfreiheit bilden (zwei Hörner). Niemals mehr sollte der Staat Religionsgesetze erlassen können, die wieder eine Verfolgung um des Glaubens willen ermöglichen würden. So wurde in der Verfassung der USA festgehalten, dass der Kongress in Bezug auf die Religionen weder Gesetze verabschieden noch deren freie Ausübung verbieten dürfe. Zu keiner Zeit soll eine religiöse Prüfung als Qualifikation für irgendein Amt oder eine öffentliche Stellung gefordert werden. Aber diese Staatsgründung war von Anfang an gesteuert. Die Bibel sagt uns, dieses lammähnliche Tier redet wie der Drache und übt alle Macht des ersten Tieres aus. Es wird alle Menschen auf Erden dazu veranlassen, das Tier aus dem Meer wieder anzubeten.

Wie schon erwähnt, wurde die Unabhängigkeitserklärung der Vereinigten Staaten von Amerika fast ausschließlich von Freimaurern unterschrieben. Bedeutet das, die römische Kirche steht eigentlich hinter der Gründung Amerikas? Sollen die USA nach dem Plan Satans der „Gute" sein, der gegen „das Böse" in der Welt kämpft, zunächst insbesondere gegen den Kommunismus? Es wäre naiv zu glauben, der Einfluss Roms hätte sich auf die Gründung der USA durch Freimaurer beschränkt. Man muss doch davon ausgehen, dass dieser Staat von Anfang an in allen Bereichen von den geheimen Frontorganisationen der Kirche dominiert und gesteuert wird.

Und so findet man die Spur der Freimaurer durch die ganze amerikanische Geschichte. Nicht nur die Präsidenten gehörten zu dieser Organisation – von Präsident Roosevelt gibt es sogar Fotos, die ihn als hohen Freimaurer in seiner Logenkleidung inmitten seiner Logenmitglieder zeigen - nein auch die wichtigsten Männer der Wirtschaft, Staatsbeamte, Medienmogule, ja sogar große Evangelisten sind Mitglieder der Geheimlogen und dienen den übergeordneten Zielen. Ihre geheimen Zeichen und Symbole entdeckt man überall, z.B. in den Logos der bekanntesten Unternehmen, sogar im Straßenplan von Washington (Pentagramm), in Gebäudeformen (z.B. im Pentagon) und auf der Ein-Dollarnote. Auf ihr sieht man unter anderem die Freimaurerpyramide, an deren Spitze sich das Dreieck mit dem Auge befindet. Dieses „Einauge" ist ein Symbol des Sonnengottes, wie die UNESCO bestätigt, und der Sonnengott, der Lichtträger, steht wieder für Luzifer oder besser Satan. Das „Einauge" finden wir übrigens auch in den okkulten Kreisen und in katholischen Kirchen, fast immer in den Kirchen der Jesuiten. Und das ist nicht auf Amerika beschränkt, sondern betrifft die ganze Welt. Die Gläubigen sehen dieses Einauge als Zeichen für Gott Vater an, aber es ist unstreitig, dass dieses Auge im Dreieck mit dem Strahlenkranz für Satan steht.

Nach dem Wort Gottes wird dieses zweite Tier große Zeichen und Wunder tun, ja sogar Feuer vom Himmel fallen lassen und alle verführen, die auf Erden wohnen.

Da Satan seine Kraft und große Macht zur Verfügung stellte, erlebt die Welt voller Staunen den „American Dream", wie die Vereinigten Staaten in wenigen Jahrzehnten zur führenden Weltmacht aufsteigen. Amerika wird zum Vorreiter und Vorbild in fast allen Bereichen. Durch die Entwicklung von Atombombe und Hightech-Waffen lässt es nicht nur buchstäblich Feuer vom Himmel fallen, sondern auch der feurige Geist der charismatische Bewegung, begleitet von Zungenrede und Menschen, die reihenweise umfallen, nimmt seinen Ursprung auf diesem Kontinent. Die Welt sieht wie gebannt auf Amerika und übernimmt alles, was diese Nation macht: die Mode, das Essen, den Lebensstil, die Musik, Wissenschaft, Technik, Ökonomie, Finanzmärkte. In allen Bereichen übernimmt Amerika die Führungsrolle. Und spätestens seit dem Golfkrieg weiß die Welt, dass Amerika auch die Rolle der Weltpolizei übernommen hat und eine neue Weltordnung anstrebt.

Unstreitig haben die USA die gesamte Welt in ihren Bann gezogen und dazu verführt, sie als Führer anzuerkennen, ihre Verhaltensweisen nachzuahmen und ihren Lebensstil zu übernehmen. Amerika hat sich auch dem Papsttum angenähert und diplomatische Beziehungen mit dem Vatikan aufgenommen. Die Präsidenten von Amerika treffen sich mit dem Papst zu Unterredungen.
Aber würde die USA die Welt auch dazu veranlassen, wieder das Papsttum anzubeten? Das würde doch gegen die amerikanische Verfassung verstoßen. Aber genau an dieser Änderung der Verfassung wird bereits gearbeitet.

Wieder einmal hatte das Wort Gottes auf markante Weise eine Weltmacht beschrieben und dieser Steckbrief ist bisher in allen Punkten erfüllt worden, wie könnte es auch anders sein.
Die Beschreibung des zweiten Tieres ist noch nicht zu Ende. Johannes fährt in der Offenbarung fort: „ (Dieses Tier) ... sagt denen, die auf Erden wohnen, dass sie ein Bild machen sollen dem Tier, das die Wunde vom Schwert hatte und lebendig geworden war. Und es wurde ihm Macht gegeben, Geist zu verleihen dem Bild des Tieres, damit das Bild des Tieres reden und machen könne, dass alle, die das Bild des Tieres nicht anbeten, getötet wer-

den."

Also wenn ich das jetzt recht verstanden habe, dann würde Amerika die Welt dazu veranlassen, dem Papsttum ein Bild oder Abbild zu machen. Und Amerika würde von Satan die Macht gegeben, diesem Abbild Geist zu verleihen, damit dieses Abbild des Tieres selbst reden könne. Dieses Abbild würde dann veranlassen, dass alle, die sich diesem Abbild des Tieres nicht anbetend unterwerfen, getötet würden. Um das ausführen zu können, ist die Legislative und die Exekutive erforderlich und das weltweit. Bei dem Abbild des Tieres kann es sich also nur um eine weitere Art von Superweltmacht handeln.

Noch einmal mit anderen Worten. Eigentlich soll Amerika die Welt nach diesem Text dazu veranlassen, sich dem Papsttum zu unterstellen und ihm zu gehorchen. Um diese Absicht zu verbergen, soll eine neue Institution ins Leben gerufen werden, welche die Absichten und Ziele des ersten Tieres verfolgt und die Welt so an das gewünschte Ziel führt. Anscheinend ist das leichter umzusetzen, als die Welt zum direkten Gehorsam gegenüber dem Tier aus dem Meer zu zwingen.

Gibt es so ein Abbild bereits in der Geschichte? Auf wen könnte dieses Profil passen?

Hat Amerika die Welt dazu veranlasst eine Institution zu gründen, mit dem Ziel, die ganze Welt unter deren Gehorsam zu zwingen? Und hat Amerika dieser Institution Leben eingehaucht und veranlasst, dass sie mit einer weltweiten gesetzgebenden und militärischen Macht ausgestattet wird? Würde diese Institution schließlich so weit gehen, dass alle, die sich dieser Institution nicht unterwerfen, zunächst mit Wirtschaftssanktionen und schließlich mit dem Tod bedroht werden?

Im gleichen Buch der Bibel, der Offenbarung des Johannes, in Kapitel 17, findet man ein wichtiges Detail. Hier wird dieses Abbild des Tieres noch einmal in einer anderen Form beschrieben, und zwar als ein scharlachrotes Tier mit sieben Häuptern und zehn Hörnern. Es hat damit rein äußerlich große Ähnlichkeit mit dem roten Drachen, der für Satan steht, und mit dem Tier aus dem Meer, das für das Papsttum steht; also ein Abbild des Papsttums. Gelenkt bzw. geritten wird dieses scharlachrote Tier von einer in Purpur und Scharlach gekleideten Hure, die mit Schmuck behangen ist. Die Hure steht in der Bibel für die abgefallene Kirche, die Farben und den Schmuck kannte ich aus der römischen Kirche. Und hier findet man den Satz, dass die Herrscher dieser Welt eines Sinnes sind und ihre Gesetzeskraft und ihre militärische Kraft diesem scharlachroten Tier übertragen, also dem Bild des Tieres.

Jetzt muss man die Teile nur noch zusammenfügen. Hatte Amerika die Welt veranlasst eine Institution zu gründen, der die Staaten dieser Welt ihre Gesetzeskraft und ihre militärische Macht übertragen haben? Gibt es eine solche Institution in der sich die Staaten der Welt derart vereinigt haben? Das Ergebnis ist verblüffend. Es gibt diese Institution tatsächlich und sie heißt auch so; die Vereinten Nationen!
Haben nicht die Vereinten Nationen, die UNO, genau dieses Profil? Die UNO wurde auf das Bestreben der USA ins Leben gerufen. Die Staaten der Welt haben sie mit Legislative und Exekutive ausgestattet und wie das im Ernstfall funktioniert, haben wir alle im Golfkrieg erlebt. Wer sich den Anordnungen der UNO nicht unterwirft und Folge leistet, wird zunächst mit Wirtschaftssanktionen belegt, bekommt dann ein Ultimatum gestellt und wird dann mit militärischer Gewalt in die Knie gezwungen. Die USA sind dabei meist die treibende Kraft in der UNO. Dass die UNO über Amerika und über die Geheimorganisationen gesteuert wird, war für mich jetzt schon eine Selbstverständlichkeit. In den Zielen der UNO entdeckt man den roten Faden, der zurückreicht bis zur französischen Revolution.
In der Menschenrechtscharta der UNO finden sich die Grundgedanken der französischen Revolution, Freiheit, Gleichheit, Brüderlichkeit, also die Prinzipien, die von Jesuiten und Freimaurern entwickelt wurden, um vom Gesetz Gottes abzulenken.

Die UNO strebt nicht nur einen Weltregierung an. Sie hat auch erkannt, dass die meisten Konflikte auf dieser Welt einen religiösen Ursprung haben, die nur durch eine Weltreligion beseitigt werden, wie der frühere stellvertretende Generalsekretär R. Muller ausführt. Zur Rolle des Papstes in der UNO sagt der Jesuit, Dr. Malachi Martin, Professor an der Vatikanuniversität, dass „der Papst beabsichtige der Mittelpunkt dieser neuen Weltregierung zu sein, eine Art Religionsminister. Der Papst sieht sich selbst als das führende Licht der Moralität und der religiösen Wahrheit der Menschheit. Angesichts von Milliarden von Menschen mit unterschiedlichen Lebensphilosophien, wie z.B. dem Islam, dem Buddhismus und dem Shintuismus, vertraue er auf das Eingreifen Gottes durch die Mutter Gottes, Maria. Der größte Teil seiner Arbeit (des Papstes) geschieht im Geheimen und er hat einen sehr großen Einfluss."

Berücksichtigt man, dass sich die Symbole der Freimaurer auch in den östlichen Religionen finden, dann kann man davon ausgehen, dass diese unterschiedlichsten Lebensphilosophien bereits von den geheimen Frontorganisationen Roms unterwandert sind.

Auf die Frage, ob das alles ohne einen weiteren Krieg erreicht werden könne, antwortet Dr. Martin: „Ich glaube, dass wir es ohne einen dritten Weltkrieg, einen Atomkrieg, schaffen werden. Aber, dass Blut fließen wird, glaube ich schon, dass es örtlich Krieg geben wird, wie z.b. am Golf und dass Nationen ausgerottet werden. Johannes Paul II glaubt, dass die Veränderungen in der Geschichte der Menschheit von Gott ausgehen, im Namen der Mutter Gottes, Maria. Und er glaubt, dass jetzt die Zeit für diese Veränderungen ist..."[15)]

Der Papst also, als führendes Licht der Moralität und der religiösen Wahrheit der Menschheit glaubt, dass auf dem Weg zur Einheit Blut fließen wird, ja sogar ganze Nationen ausgerottet werden. Aber diese „Veränderungen" würden von Gott ausgehen. Die Arbeit des Papstes geschieht dabei im Geheimen.

Das ist einfach unglaublich. Hier wird ganz offen gesagt, es sollen wieder Menschen um ihres Glaubens willen verfolgt werden, ja sogar ganze Nationen ausgerottet werden. Die Ausführung erfolgt dieses Mal unter der Kontrolle der UNO; der Papst dagegen wirkt im Geheimen! Er steuert alles über seine Geheimorganisationen.

Nie hätte ich geglaubt, dass ich auf meiner Suche nach der Wahrheit so aktuell in meine Zeit kommen würde. Und Amerika, das ich auch selbst bewundert hatte, und die UNO, ebenfalls nur Werkzeuge, weitere Diener des Drachens?

Der Einfluss Amerikas auf die Welt ist größer, als uns das allen bewusst ist. Was aber nahezu unfassbar klingt, ist, dass nicht nur Amerika, sondern die ganze Welt von den geheimen Frontorganisationen der römischen Kirche, von Jesuiten und Freimaurern unterwandert sein soll und diese Organisationen die Schlüsselpositionen bereits besetzt haben.

Mich schaudert, denn was hier auch schon vor mir viele Wahrheitssuchende auf der ganzen Welt aufgedeckt haben, das sind doch nur kleine Spitzen von gewaltigen Eisbergen, die sich noch unter der Oberfläche befinden. Wie mochte erst die ganze Wahrheit aussehen?

❖ ❖ ❖ ❖ ❖

Ich habe die letzten Abschnitte gerade noch einmal durchgelesen und mir kommen alte Gedanken in den Sinn, als ich mich früher immer wieder gefragt habe, ob das alles wahr sein kann. Allmählich entwickelt sich hier ein globales Verschwörungsszenario, das man ja wirklich nicht mehr ernst nehmen kann.

Könnte es dennoch sein, dass alles so perfekt organisiert und getarnt ist, dass wir nicht im Traum daran denken würden, unsere sogenannte Erkenntnis zu hinterfragen. Unstreitig spricht das Wort Gottes von diesen Ereignissen und nennt Satan auch den Fürsten, den Herren dieser Welt. Nachdem es sich hier nicht um einen Gegner aus Fleisch und Blut handelt, sondern um übernatürliche Mächte und Gewalten, muss man doch auch mit außergewöhnlichen Mitteln und Methoden rechnen, oder?

Ich bin besorgt – und traurig. Wie traurig muss erst unser Schöpfer sein, der trotz der Sünde doch den Sünder wirklich liebt, jeden Einzelnen. Wie gerne möchte er uns Menschen zur Ruhe bringen, in Frieden und Geborgenheit. Wie gerne möchte er uns unsere Sorgen und Lasten abnehmen, unsere Tränen abwischen, uns frei machen von den vielfältigen Bindungen. Wie gerne möchte er uns gesund und fröhlich sehen, im Kreise einer glücklichen Familie. Wie sehr sehnt er sich danach, dass wir ihm seine Liebe erwidern.

Aber die meisten haben nicht gewollt, sie haben sich von Gott abgewendet und wollen ein Leben ohne ihn leben. Sie machen sich selbst zu Gott und glauben aus eigener Kraft Unsterblichkeit zu erlangen. Dabei geht die unsterbliche Seele nur auf die erste Lüge Satans zurück, der Eva vorgaukelte, sie werde nicht sterben.

Wie viele fragen: „Wo ist Gott und warum lässt er das alles zu, all das Leid, all die Ungerechtigkeit?" – Ist das nicht paradox? Das kommt mir so vor wie der Autofahrer, der das Gebotsschild, vor der scharfen Kurve nur noch 40 km/h zu fahren, missachtet und dann, nachdem er mit 200 aus der Kurve geflogen ist, den Staat anklagt, warum er so ein Unglück zulasse.

Gott hat uns nach der Schöpfung eine Gebrauchsanweisung mitgegeben, für uns selbst, unsere Ernährung und unser Verhältnis zu Gott und unseren Mitmenschen, sowie für den Umgang mit unserem Planeten. Aber der Mensch wollte nicht hören und muss jetzt die Konsequenzen seiner Entscheidungen tragen, in allen Bereichen. Wer Wind sät, der wird Sturm ernten.

Gott kann das Leid nicht verhindern. Er respektiert die freien Entscheidungen der Menschen, auch wenn sie falsch sind und ins Verderben führen, auch wenn Unschuldige darunter leiden müssen.
Doch Gott lässt uns nicht allein in unserem Leid. Er ist durch seinen Sohn

sogar selbst Mensch geworden um mit uns zu leiden, um uns Trost und wieder eine Hoffnung zu geben, um uns die Augen zu öffnen und frei zu machen, um unsere Augen nach oben zu richten, auf die ewige Heimat.

Ich muss an mein früheres Leben in Deutschland denken. Ich hatte alles im Überfluss, ich war zufrieden und glücklich. Ich hatte noch offene Wünsche, aber auch die Chance, sie mir in meinem Leben zu erfüllen. Es hat mir an nichts gefehlt. Ohne den Anstoß durch meine Frau wäre ich nie auf die Idee gekommen, mein Leben in Frage zu stellen. Jetzt sind schon zwei Jahre vergangen, seit wir die Zelte in Deutschland abgebrochen haben und ins Ausland gegangen sind.

Überhaupt hat sich mein Leben seit meiner Taufe grundlegend geändert. Bereits in Deutschland hatte sich unser Lebensstil verändert. Wir sind frei geworden von Alkohol und Tabak und haben den Segen der vegetarischen Ernährung entdeckt. Mit Sorge und Mitleid sehen und hören wir die Meldungen über die Krankheiten und Seuchen bei den Tieren, über die Belastung des Fleisches mit Antibiotika und über die ernährungsbedingte Zunahme von Herz-Kreislauf-Erkrankungen, bis hin zum Krebs. Ich bin wirklich froh darüber, dass Gott uns die Weisheit und die Kraft geschenkt hat, unseren Lebensstil zu ändern und uns mit gesundem Obst, Gemüse, Getreide und Nüssen ernähren zu können.

Wir machten auch nicht mehr mit im Wettstreit der Statussymbole. Im Beruf stellte ich die Familie und meinen Glauben vor die Karriere. Ich habe meine Arbeitszeit reduziert und damit bewusst auf Geld und Aufstiegschancen verzichtet. Ich verdiente genug für unser Leben und wir waren zufrieden und glücklich. Durch mein zunehmendes Vertrauen in meinen Schöpfer hatte ich plötzlich keine schlaflosen Nächte mehr vor Sorge, wie die Probleme des nächsten Tages zu bewältigen seien, weil ich bei Gott nicht nur Ruhe und Frieden, sondern auch Beistand und Hilfe fand. Aber erst als wir dann alles an den Nagel gehängt haben, uns aus der Mühle ausgeklinkt hatten und mit unseren Kindern ins Ausland gingen, fand ich wirklich inneren Frieden. Auf unserem Bauernhof leben wir jetzt im Einklang mit der Natur, fern von Stress und Hektik dieser Zeit. Wir versuchen uns weitgehend selbst zu versorgen und freuen uns, als Familie zusammen sein zu können. Das Bebauen des Landes, Saat, Wachstum und Ernte, die Tiere, die Schönheit der Natur und vor allem der faszinierende Sternenhimmel, das alles zieht uns jeden Tag näher zu unserem Schöpfer.

Ich kann mich nicht erinnern, in der Stadt jemals so einen Sternenhimmel gesehen zu haben. Einmal, ja, es war an Silvester in den Bergen, da schienen die Sterne auch so zum Greifen nah zu sein. Aber hier liegen wir wirklich manchmal in der Nacht mit unseren Sonnenliegen auf der Terrasse und staunen. Es ist einfach überwältigend, Milliarden von Sterne. Und diese Sterne sollen aus einem Urknall entstanden sein? Ich frage mich, wie dann diese wunderbare Ordnung entstehen konnte. Schon in der Bibel, in einem der ältesten Bücher, dem Buch Hiob, werden der Orion und das Siebengestirn erwähnt. Und Gott sagt, er ruft die Sterne alle mit Namen und führt sie alle herauf, jeden an seinen Platz zu seiner Zeit. Für mich ist dieser Sternenhimmel der größte Beweis für die Existenz und für die Liebe Gottes.

Wie winzig und unbedeutend wir doch in der Weite des Universums sind. Und doch sagt Gott, dass er jeden von uns liebt, ja alle unsere Tage in sein Buch geschrieben hat, auch die, die noch kommen werden. Er sagt, er hat sogar die Haare auf unserem Kopf gezählt. Ja, bei Gott fühle ich mich wirklich geborgen. Ich will ihm vertrauen, egal, was geschieht. Er allein weiß, was für mich gut ist und er wird mich bewahren für die Ewigkeit. Frieden durchströmt mein Herz, wenn ich daran denke.

Für mich ist es wie ein Wunder, dass ich heute hier leben kann und mir Gedanken über das Leben machen darf. Eigentlich ist es ja fast unmöglich aus der Tretmühle zu entkommen. Aber ich weiß, bei Gott sind alle Dinge möglich und das stimmt mich wieder hoffnungsvoll, dass auch noch andere so ein Wunder erleben werden.

Ich muss wieder an meine Geschichte denken. Ich sitze hier und philosophiere und zur gleichen Zeit wird die Welt ganz gezielt in ihr Verderben geführt, ohne dass das jemand bemerkt. Falls es wirklich wahr wäre, dass die ganze Welt unter der Kontrolle eines Systems steht, was könnte dieses System dann alles bewegen, was sind seine Ziele, wo will es mit der Menschheit hin?

Ich glaube, ich sollte zunächst dieses System etwas näher beschreiben, bevor ich seinen tatsächlichen Einfluss auf die Ereignisse der letzten Zeit aufzeige.

Kapitel 10

Im Dienst des Drachens

Ich komme jetzt auf eine Frage zurück, die ich schon einmal aufgeworfen habe. Verheimlicht Satan seine wahren Absichten oder wie kann es sein, dass Menschen, die Ihr Leben in den Dienst Gottes gestellt haben, für den Widersacher Gottes arbeiten? Wissen sie nicht, was sie tun?

Ich möchte zuerst noch einmal darauf hinweisen, und das meine ich ernst, dass hier nicht Personen einzeln oder pauschal verurteilt werden sollen. Gott hat seine Getreuen in allen Institutionen, Nationen, Sprachen und Völkern. Überall gibt es aufrichtige Menschen, die Gott dienen wollen, auch wenn sie auf dem falschen Weg sind. Hier geht es nur um Systeme und Institutionen, die falsche Ziele verfolgen, absichtlich oder unabsichtlich – das ist hier die Frage.

Normalerweise ist aus dem Wort Gottes, der Bibel, klar ersichtlich, dass Satan seinen Kampf verlieren und am Ende zusammen mit der Sünde, seinen Engeln und den unbußfertigen Menschen ausgetilgt wird. Und trotzdem scheint Satan unter den Menschen Mitstreiter gefunden zu haben, die ihn bei der Umsetzung seiner Pläne unterstützen. Wie kann es sein, dass man sich freiwillig auf die Seite des Verlierers stellt? Kennen diese Menschen die Bibel nicht oder glauben sie nicht was in der Bibel steht?

Für Satan kann ich diese Frage nicht beantworten. Eigentlich müsste er sehr gut wissen, dass er auf verlorenem Posten kämpft. Er kennt die Bibel besser als wir Menschen und er glaubt auch, was geschrieben steht. Er hat Jesus nach seiner 40 Tage andauernden Fastenzeit mit Worten aus der Bibel in Versuchung geführt, die er ganz bewusst unvollständig zitiert hat. In der Bibel sind die Niederlage Satans und seine Vernichtung am Ende der Zeit ganz klar vorausgesagt. Warum er dennoch nicht aufgegeben hat, kann man nur mit menschlichen Argumenten zu erklären versuchen.

Will er aus Stolz einfach seinen Irrtum nicht zugeben, bis zuletzt? Es gibt doch Menschen, die auf einer falschen Position beharren, selbst wenn es dabei um ihr Leben geht, nur weil sie nicht zugeben können, dass sie einen Fehler gemacht haben.

Oder hat Satan sich so in seine Sicht der Dinge hineingesteigert, dass er allen Ernstes glaubt, das Blatt noch wenden zu können? Gibt es nicht auch das; wir versuchen einen Fehler zu rechtfertigen und erfinden dabei unsere eigene Sicht, wie und weshalb es zu diesem Fehler kam. Wir sagen uns das immer wieder vor und am Ende glauben wir selbst an unsere Version und haben die Wahrheit vollständig verdrängt.

Oder ist Satan einfach nur berechnend und will angesichts seines sicheren Untergangs möglichst viele Menschen mit in sein Verderben reißen, weil er weiß, dass diese Menschen vor Gott für ihre Schuld selbst bezahlen müssen? Die Schuld der Getreuen dagegen, die bereut und vergeben wurde, wird am Ende Satan mit angelastet.

Ich weiß es nicht, was Satan zu seinem Verhalten bewegt. Was aber offensichtlich ist, Satan hat für diese Welt eine eigene Version des Wortes Gottes entwickelt, eine Version, in der er selbst etwas besser abschneidet als in der Bibel. Nicht umsonst hat Satan versucht, die Verbreitung und die Auslegung der Heiligen Schrift durch die Jahrhunderte und Jahrtausende hindurch zu verhindern. Schließlich enttarnt die Bibel Satan als den Rebellen und nennt ihn einen Lügner und Mörder von Anfang an. Deshalb hat er diese Geschichte der Wahrheit gefälscht und diese Fälschung unter den Menschen verbreitet. Diese Version Satans ist der Allgemeinheit nicht bekannt, aber in den Führungsebenen seiner weltlichen Werkzeuge wird die Version Satans als die Wahrheit angesehen, die Bibel dagegen als Fälschung.

Für seine Anhänger klingt die Geschichte der Welt in etwa so:

> Gott Vater habe zwei Söhne gehabt, Luzifer und Jesus; Luzifer ist also in dieser Version selbst auch Gott. Luzifer sei aus irgendeinem Grund im Himmel in Ungnade gefallen. Er habe daraufhin den Himmel verlassen und sich selbst die Erde erschaffen, als sein neues Reich. Der Vater habe mit Neid die neue Schöpfung Luzifers gesehen und sei eifersüchtig auf Luzifer geworden. Gott Vater habe daraufhin seinen 2. Sohn, Jesus, auf diese neue Welt gesandt, um Luzifer die Welt zu entreißen. Die von Luzifer geschaffenen Menschen sollten ihn, Gott Vater, anbeten.
> Aber Luzifer habe seine Welt verteidigt, er kämpfte mit Jesus, besiegte ihn und ließ ihn kreuzigen. Dann habe er drei Tage

in der Hölle mit ihm getrieben was er wollte, bis Jesus schließlich floh und zum Vater zurückkehrte.
Nach dieser gefälschten Version der Wahrheit ist Luzifer der eigentliche Erlöser und Retter der Menschheit und er möchte den Menschen Wohlstand, Reichtum und Macht schenken. Alles, was sie dafür tun müssen ist, ihn anzubeten und ihm zu gehorchen. All das Leid, die Not und die Katastrophen kommen nur über diese Welt, weil nicht alle Menschen die Herrschaft Luzifers anerkennen. Deshalb ist es das Ziel, die Anhänger Jesu, des Sohnes eines eifersüchtigen und ungerechten Gottes, auszulöschen und so ein Friedensreich auf Erden zu ermöglichen, unter der Herrschaft des Schöpfers und Erlösers, Luzifer.

Luzifer gibt sich also nicht als der rote böse Teufel, mit Hörner, Pferdefuß, Schwanz und Dreizack. Nein, Luzifer ist in dieser Version der Lichtträger, der Gute, der Schöpfer und Erlöser, der für seine Geschöpfe nur das Beste will.
Kann es sein, dass die Führer der römischen Kirche auf diese Version hereingefallen sind und in „guter Absicht" für die falsche Seite kämpfen?

Man muss berücksichtigen, dass diese Version nicht neu ist, sondern schon vor der Sintflut die Führungseliten der gesamten Menschheit durchdrungen hatte. Das äußerte sich in den heidnischen Religionen, wo meist die Anbetung des Sonnengottes im Mittelpunkt stand, z.B. im Mithraismus. Luzifer selbst wurde als „der Lichtträger" in diesem Sonnenkultus verehrt. Die Menschen glaubten, der Sonnengott würde jeden Morgen mit Wagen und Gespann über den Himmel fahren und die Menschen auf der Erde mit seinen Segnungen erfreuen. (Übrigens, die amerikanische Version dieses Gottes fährt noch heute zum angeblichen Geburtstag des Sonnengottes, am 25. Dezember, mit seinem Gespann über den Himmel und erfreut die Menschen mit seinen Gaben; oder haben sie sich noch nie gefragt, was eigentlich Santa Claus mit der Geburt Jesu im Stall von Bethlehem zu tun hat?)

Die Getreuen, die am Wort Gottes und an seinen Geboten festhielten, waren zu allen Zeiten nur wenige; selbst im Volk Israel wurde immer wieder der Sonnengott angebetet, sogar zeitweise von den Priestern Gottes, wie die Schrift berichtet. Könige des Volkes Israel ließen teilweise Götzenaltäre aufstellen und errichteten Götzenbilder, sogar im Tempel Gottes. Zurzeit Jesu haben nur wenige die prophezeite Geburt von Gottes Sohn erwartet. Die meisten der Pharisäer, Schriftgelehrten und Priester gehorchten schon mehr den Geboten von Menschen als der Schrift, wie Jesus ihnen später vorwarf. Das zeigt, dass die Version Satans zu allen Zeiten unter den Religionsführern verbreitet war und ihr mehr geglaubt wurde, als dem Wort Gottes. Entweder hat man die Version Satans ganz offen verkündigt, wie in den heidnischen Religionen oder man hat nach außen zumindest den Schein der Frömmigkeit behalten, im Geheimen aber Luzifer angebetet. Die Gläubigen waren in diesem Fall ahnungslos.

Stammt die römische Kirche von heute wirklich von Simon Petrus ab, wie sie gerne glauben machen möchte, oder von dem Zauberer und Sonnenanbeter Simon Magnus, der in der Apostelgeschichte erwähnt wird und ebenfalls nach Rom kam?
Setzt die römische Kirche wirklich den Glauben der wenigen Getreuen, der Jünger Jesu, fort oder die breite Massenbewegung des Mithraismus, die Anbetung des Lichtträgers, wie es seit Jahrtausenden praktiziert wird? Wie erklärt sich sonst, dass all die Symbole, Figuren und Praktiken aus diesem System heute in der Kirche noch präsent sind – zu erwähnen sei z.B. die Messe mit dem Messopfer, die Erlösung durch Werke, die Kleidung der Priester und Bischöfe nach dem Vorbild der babylonischen Priester, Schlangensäulen und all die heidnischen Symbole, wie Sonnenscheiben und Sonnenräder, Drudensterne, Stier- und Adlerbilder, das Einauge im Dreieck, das ebenseitige Kreuz und vieles mehr. Auch die Feste, wie z.B. das Weihnachtsfest, stammen aus dem Sonnenkultus und viele der Heiligenfigurenstellten ursprünglich heidnische Gottheiten dar. Warum akzeptiert die Kirche nicht ganz offiziell die Bibel als Richtschnur, ja enthält das Wort Gottes teilweise heute noch seinen Gläubige vor? Warum hat die römische Kirche immer wieder die Getreuen verfolgt und getötet und mit ihrem Gepränge so gar nichts gemein mit dem Zimmermann, der ohne Beutel und ohne eigenes Bett seinen Auftrag in dieser Welt erfüllte, zur Verherrlichung seines Vaters im Himmel?

Das sind ernste Überlegungen und nur schwer zu glauben. Dass sich einzelne irren können, ja, aber das ganze System? Sollte die Kirche wirklich Luzifer, den Lichtträger anbeten?

Eigentlich wäre es nur konsequent. Es wäre eine logische Folge all der Ungereimtheiten. Nur so gibt das Ganze ein vernünftiges Bild. Durch all die Irrlehren versuchte die römische Kirche schrittweise die Gläubigen von der Wahrheit wegzuführen und sie mit dem Lichtträger vertraut zu machen. Millionen von gläubigen Katholiken ahnen von dem allen nichts, besuchen den Gottesdienst und glauben noch an ihren Gott im Himmel. Um sie umzustimmen und Luzifer zuzuführen würde es dramatischer Ereignisse bedürfen, wie ich noch herausfinden sollte.

Wenn das alles zuträfe, dann wäre das Papsttum nach der Schrift das erste und wichtigste Werkzeug Satans, um auf der Erde seine Pläne zu verwirklichen. Um aber die wahren Absichten zu verdunkeln, sei der Jesuitenorden gegründet worden, der wiederum durch die Freimaurer eine weltweite Geheimorganisation aufgebaut habe. Sie alle würden im Dienst des Drachens stehen.

War denn der heimliche Gott dieser Organisationen bei ihnen selbst zu finden? Bei den Freimaurern bin ich dazu fündig geworden. Die Freimaurer, geben sich nach außen als humanitäre Organisation. Sie geben vor, das Gute im Menschen zu fördern und wollen dazu beitragen, dass die Welt besser wird. In christlichen Kreisen geben sie sich als gute Christen, in kommunistischen Kreisen als gute Kommunisten und im Islam als Islamisten.

Die eigentliche Organisation und die Ziele sind nicht nur nach außen geheim, sondern auch innerhalb der Organisation kennt jeder nur seine nächsten Vorgesetzten, ein Scheibchen der Wahrheit. Es handelt sich um den typischen Aufbau einer Geheimorganisation. Die Freimaurer sind in sogenannten Logen gegliedert. Innerhalb der Freimaurer gibt es bestimmte Grade, die ein Mitglied erreichen kann. Der höchste Grad ist der 33. Grad. Die Mitglieder der Führungselite der Freimaurer gehören auch zum Kreis der Illuminati, der „Erleuchteten".

Entsprechend der abgebildeten Freimaurer-Pyramide auf der Dollar-Note, gliedert sich die Organisation in 13 Flächen. Ayn Rand, Freundin eines hohen Freimaurer, hat das Buch „Die kommende Diktatur der Humanität", geschrieben. Hierin stellt sie die interne Organisation der Freimaurer in Form dieser Pyramide dar. Demnach befinden sich auf der untersten Stufe der Freimaurerpyramide die Humanisten. Sie prägen das äußere Erscheinungsbild und die Mitglieder wissen nichts von den übergeordneten Plänen. Es sind immer nur Einzelne, die über die Existenz der nächst höheren Ebene Bescheid wissen. Die einzelnen Organisationen sind dabei wie Ziegelsteine durch den Mörtel von einander getrennt und wissen nicht, wer noch dazu gehört. Es handelt sich also auch in diesem Punkt um einen typischen Aufbau einer Geheimorganisation.

Auf den höheren Ebenen der Pyramide finden sich nach Ayn Rand z.B. YMCA und die Pfadfinderorganisationen oder aber auch Rotary, Lions, Odd Fellows, das Rote Kreuz und andere. Nach den Blue Masons, York Rite und Skottish Rite, taucht hier auch der Kommunismus auf. In den oberen Ebenen der Freimaurerpyramide findet sich eine jüdische Loge und die

Königshäuser; ganz oben das Council of 33 und das Council of 13. Der Führer an der Spitze ist nicht bekannt. Würde diese Organisation tatsächlich von Jesuiten gesteuert und diese wiederum unterstünden direkt dem Papst, dann kann man sich gut vorstellen, wer das ist. Übrigens, Ayn Rand ist auf mysteriöse Weise ums Leben gekommen.

Was glauben die Freimaurer? Ab dem 18. Grad fangen die Freimaurer an, den Sonnengott Osiris und Isis zu akzeptieren. Übrigens, das in der Kirche überall gegenwärtige „IHS", ist ein Zeichen der ägyptischen Gottheiten Isis, Horus und Set, hinter denen wieder Luzifer steht. Diese Dreiergottheit besteht aus dem Sonnengott, seiner Frau und dem Sohn. Hat aus diesem Grund die römische Kirche Maria, als Gottheit und Miterlöserin in den Himmel gehoben? Damit ist das Dreigestirn, Vater, Mutter und Sohn vollständig.

Ab dem 30. Grad wird von den Freimaurern Luzifer direkt angebetet. Die Freimaurer offenbaren damit den „wahren Gott" ihrer Gründer.

Für mich wurde das Ganze immer abenteuerlicher und unglaublicher, aber ich musste sehen, dass diese Organisation das selbst bestätigt. Albert Pike, führendes Mitglied und Haupt der Schottischen Freimaurer schrieb zu diesem Thema:

„Wir verehren einen Gott, aber es ist der Gott, den man ohne Aberglauben anbetet. Euch Sovereign Grand Instruktor Generals sagen wir dies, damit ihr es an die Brüder des 32., 31. und 30 Grades weitergebt; die freimaurische Religion sollte durch uns Eingeweihte der höheren Grade, in der Reinheit der luziferischen Lehre beibehalten werden. ... Ja, Luzifer ist Gott und leider ist Adonay auch Gott." [16] (Adonay ist die Anrede Jesu im Alten Testament)

An dieser Aussage gibt es eigentlich nichts herum zu deuten. Diese Aussage kommt immerhin von einem hohen Führer, Albert Pike persönlich. Die Welt weiß davon nichts, selbst innerhalb der Freimaurer wissen die Meisten nichts davon. Erst ab dem 30. Grad erscheint Luzifer namentlich in der Anbetung. Für mich war erwiesen, dass sich die mächtigste Geheimorganisation der Welt auf die Fahnen geschrieben hat, die reine Lehre Luzifers zu bewahren. Sie hat damit den wahren Glauben und den Gott ihrer Gründer offenbart.

Ab diesem Zeitpunkt konnte mich jetzt nichts mehr erschüttern. Ich war froh und dankbar, für mich die Wahrheit in Gottes Wort gefunden zu haben und zu wissen, dass mein Gott, der Schöpfer des Himmels und der Erde und des Meeres und allem, was darinnen ist, mich liebt und mit mir geht, alle Tage, bis an das Ende der Welt. Ich war froh im Wort Gottes ein zuverlässiges Fundament gefunden zu haben und ich war froh, dass mir Gott über den großen Kampf zwischen Licht und Finsternis die Augen geöffnet hat. Mit dem System der katholischen Kirche und dem Papsttum hatte ich abgeschlossen. Alles was mir verblieb, war, für die verführten und getäuschten Menschen in der Kirche zu beten. Ich wusste aus der Schrift, dass kurz vor dem Ende Gott seine Kinder, die er auch in der katholischen Kirche hat, zur Wahrheit herausrufen würde. Viele würden diesen Ruf: „Kommt heraus aus Babylon, mein Volk, damit ihr nicht teilhabt an ihren Plagen", hören und befolgen. Gerne wollte ich mich Gott zur Verfügung stellen um mitzuhelfen, diesen Ruf an Menschen weiter zu geben, damit noch viele gerettet werden. Viele liebe Menschen kenne ich in dieser Kirche und ich hoffe, sie werden den Ruf hören und bereit sein, ihm zu folgen.

Ich habe mich gefragt, wie aus der Sicht der Diener des Drachens, das Endziel erreicht werden sollte. Was war die Strategie? Am Ende sollte sich die Menschheit vor Luzifer beugen und ihn anbeten, aber wie wollte man das erreichen? Wie kann es gelingen, die Welt, die voll von Gläubigen aller Religionen und von Atheisten ist, zur Anbetung Luzifers zu bewegen?

Auch hierzu kann man diese Organisation selbst befragen; wieder ist es Albert Pike, der darauf eine Antwort gibt. In einem Brief, den Albert Pike am 15. 8. 1871 an Mazzini, einen hochrangigen Kollegen, schrieb, findet man eine Antwort; dieser Brief war noch bis vor kurzem im Britischen Museum in London ausgestellt. In diesem Brief informiert er Mazzini darüber, dass er drei Weltkriege plane und er fährt fort:

„Wir werden die Nihilisten und die Atheisten loslassen und wir werden einen völligen sozialen Umsturz provozieren, welcher in seinem Gräuel den Nationen klar und deutlich die Folgen des absoluten Atheismus, den Anfang der Barbarei und den blutigen Aufruhr zeigen wird. Dann werden Bürger überall gezwungen werden, sich gegen die revolutionären Minderheiten zu verteidigen, werden diese Vernichter der Zivilisation ausrotten und die Mehrheit, vom Christentum enttäuscht, werden das pure Licht durch die universale Offenbarung der reinen Lehre des Luzifers empfangen ... die Vernichtung des Christentums und des Atheismus, beide zugleich erobert und vernichtet." [17]

Habe ich das richtig verstanden? Also, Albert Pike, führender Freimaurer, spricht hier über einen Plan, wie die ganze Welt zur Anbetung Luzifers bewegt werden soll. Und wir erinnern uns, wer hinter dieser Geheimorganisation steht. Die mächtigste Geheimorganisation der Welt will nach diesem Plan auf der ganzen Erde ein totales Chaos anrichten, und zwar durch drei Weltkriege. Der Welt sollen so die schrecklichen Folgen des Atheismus vor Augen geführt werden. Darüber hinaus ist beabsichtigt, die Christen, angesichts des Leids und der Ungerechtigkeit, in ihrem Glauben zu erschüttern. In der Folge des totalen Chaos, das angeblich durch revolutionäre Minderheiten angerichtet wurde, sollen sich die Bürger verteidigen und diese Übeltäter ausrotten. Könnten damit die Getreuen Gottes gemeint sein, die zu dieser Zeit wohl zu Unrecht beschuldigt werden? Und dann wird Luzifer als der Erlöser der Welt in Erscheinung treten und die Atheisten und die von ihrem Glauben enttäuschten Christen um sich scharen.

Ich muss unweigerlich an meine „himmlische Geschichte" vom Anfang denken, an die Vorlage für mein Bild. Das passt alles so verblüffend zusammen. Satan will in der letzten Zeit ein totales Chaos auf Erden stiften. Die Schuld an diesem Chaos wird er den wenigen noch verbliebenen Getreuen in die Schuhe schieben. Er will, dass die Menschen diese Unruhestifter und Revolutionäre ausrotten, um den Weg für ihn selbst frei zu machen, den vermeintlichen Erlöser der Welt. Mit seiner wunderbaren Erscheinung als Lichtgestalt, glaubt Satan dann alle Menschen auf seine Seite ziehen zu können. Für den wahren Gott gäbe es dann keinen Grund mehr auf diese Erde zu kommen, es gäbe keine Getreuen mehr. So könnte Satan Gott die Welt entreißen und selbst der Gott dieser Welt werden.

Das Ganze ist im wahrsten Sinne des Wortes ein teuflischer Plan, der hier offenbart wird. Trotz seiner Veröffentlichung im Britischen Museum hat diesen Brief anscheinend niemand ernst genommen oder auch nicht verstanden.

Hier wird mit der Menschheit ganz offen ein falsches Spiel gespielt und keiner will eigentlich wirklich die Wahrheit wissen. Wir sind von diesem System dazu erzogen worden, mit Scheuklappen unseren kleinkarierten Zielen nachzujagen und haben gar keinen Blick mehr für das Ganze. Und das, was sich vor unseren Augen in der heutigen Zeit abspielt, was wir noch glauben beeinflussen zu können, ist nur ein großes abgekartetes Theater, wie ich noch erfahren sollte.

❖ ❖ ❖ ❖ ❖

Ich bin heute fast den ganzen Tag an meiner Geschichte gesessen. Je weiter ich vorankomme, desto mehr tritt mein Alltag, meine Arbeit und meine

Familie in den Hintergrund. Es ist einfach unglaublich, was sich hier im großen Puzzle der Wahrheit für ein Bild entwickelt hat. Als ich vor kurzem diese Erkenntnisse erlangt hatte, da wollte ich es selbst nicht glauben. Das ging sogar mir zu weit.

Aber gibt es jetzt noch ein zurück?

Ich bin schon so weit gegangen und habe von so vielen Seiten und Quellen all die Informationen erhalten. Soll ich jetzt abbrechen, aus Angst vor dem Ende? Was würde ich noch herausfinden?

Immer wieder frage ich mich, ob ich mich da nicht in eine Sache verrannt habe und überall nur noch Gespenster sehe. Aber die Fakten, die alle so wunderbar zusammenpassen, geben ein so klares Bild, so dass ein Irrtum für mich nicht mehr möglich ist.

Und was noch wichtiger ist, im Wort Gottes ist diese Entwicklung vorausgesagt. Ich habe inzwischen ein festes Vertrauen zur Bibel entwickelt. In so vielen Lebenssituationen hat mir Gott durch sein Wort Trost und Hoffnung geschenkt. So oft hat Gott mir durch sein Wort geholfen, die richtigen Entscheidungen zu treffen. So oft schon durfte ich erleben, dass Gott und sein Wort lebendig sind. Je mehr die Bibel von anderen angegriffen wird, von Theologen in Zweifel gezogen oder sogar für nicht maßgebend hingestellt wird, umso fester glaube und vertraue ich auf Gottes Wort. Gott wird sein Wort erfüllen, er wird wiederkommen, um die Getreuen zu sich zu holen und um die Gottlosen zu vernichten. Und die Zeichen der Zeit deuten alle darauf hin, dass es nicht mehr lange dauern kann. Wie sehr sehne ich mich danach, von meinem Heiland in die Arme genommen zu werden und mit meiner Familie für immer bei ihm bleiben zu dürfen, in ewigem Frieden.

Also eigentlich ist das bisher Aufgezeigte nur die Bestätigung von allem, was ich aus der Sicht des Wortes Gottes schon wusste und für die letzte Zeit auch erwartet habe. Bislang war das aber nur Theorie. Jetzt wird es auf einmal zur Realität. Ich merke plötzlich, was für ein großer Unterschied doch besteht, die Wahrheit nur mit dem Verstand erfasst zu haben oder sie auch praktisch zu erleben. Die Religion, der Glaube an Gott, ist plötzlich keine Theorie mehr, sondern reales Leben. Wie fest muss man im Glauben praktisch stehen, wenn all diese Verführung und die Verfolgung der Getreuen zum letzten Höhepunkt kommen werden. Wie viele werden wirklich bereit sein, Leib und Leben für ihren Glauben einzusetzen, wenn es darauf ankommt? Wie viel werden aus Mangel an Glauben und Vertrauen noch im letzten Moment die Seiten wechseln und sich doch vor Satan beugen? Bei all dem, was ich bisher im Wort Gottes über meinen Herrn und Heiland erfahren durfte, weigere ich mich Angst zu haben. Gott hat versprochen seine Kinder zu beschützen und zu bewahren. Er hat versprochen bei ihnen zu sein und sie nicht allein zu lassen, alle Tage, bis an der Welt Ende. Ich will ihm vertrauen.

Ob ich das Ende dieser Erde mit meiner Familie selbst erleben werde? Ob sich die Hoffnung, die ich seit meiner Bekehrung im Herzen trage, zu meiner Zeit erfüllen würde?

Ein Freund hat uns heute eine Video-Kassette mitgebracht. Das Thema lautet: „Die neue Weltordnung". Ich kenne den Referenten und habe schon andere Videos von ihm gesehen. Er ist ein Universitätsprofessor, der sich seit Jahren mit diesem Thema und mit der Bibel beschäftigt. Alles, was ich bisher von ihm gehört habe, war sehr gut. Mit einfachen logischen Fragen geht er an komplexe Themen heran und zeigt auf, was hinter dem Vorhang gespielt wird. Wir werden uns dieses Video natürlich gleich heute Abend ansehen. Irgendwie bin ich aufgeregt. Ich habe so eine Vorahnung, dass heute Abend etwas Neues erfahren werde. Ob ich weiteres Material für meine Geschichte bekomme, über unsere Zeit?

Kapitel 11
Das große Welttheater

Gestern Abend haben wir uns dieses Video angesehen. –

Heute bin nachdenklich, irgendwie niedergeschlagen. Einerseits gehen mir so viele Dinge durch den Kopf, auf der anderen Seite spüre ich eine große Leere in mir; irgendwie bin ich wie ausgebrannt, so als ob auf einmal die Luft raus wäre.

Ich glaube, mein Leben hat sich seit gestern Abend noch einmal verändert. Ich bin traurig, ernüchtert, irgendwie ein ernster Mensch geworden. Es ist so ein Tag, wie nach einem einschneidenden Ereignis. Zuletzt habe ich mich im vergangenen Jahr am 11. September 2001 so gefühlt; Betroffenheit, Fassungslosigkeit und irgendwie auch Hilflosigkeit angesichts dieses Blicks in den Abgrund. Was wird noch alles kommen, wie viel müssen die Menschen noch ertragen? Wann endlich hat die Gewalt, das Leid, die Verzweiflung, die Angst, der Tod ein Ende. Wann endlich siegt die Gerechtigkeit. Wann endlich erhalten die Schuldigen ihre Strafe?

- - -

Ich weiß, Gott ist gerecht. Er wird durch sein Licht die Finsternis erhellen. Er wird das Verborgene ans Licht bringen. Keiner kann sich vor ihm verbergen, niemand kann vor ihm etwas verheimlichen. Jeder muss Rechenschaft vor ihm ablegen.

Das Ende wird bald kommen.

- - -

Was ich gestern Abend gehört habe, waren keine Meinungen und Vermutungen, sondern klare Fakten mit eindeutigen Quellenangaben.

Es wurde dargelegt, dass die neue Weltordnung, von der immer wieder die Rede ist, längst existiert. Es wurden die Zusammenhänge zwischen dem Ablauf der Weltgeschichte und dem Papsttum und seiner geheimen Frontorganisationen aufgezeigt. Durch eine Flut von Zitaten und Bildern wurde das Gesagte belegt.

Ich erfuhr, dass die Kriege in Europa nach der französischen Revolution zunächst die Monarchien stürzen und durch Demokratien ersetzen sollten. Das alles war organisiert und lief nach Plan, wie in einem Drehbuch. Wie schon früher erwähnt, ist Demokratie das letzte Stadium vor dem totalen Chaos. Dadurch wird der Weg frei für Tyrannei, wie schon Plato gesagt hatte.

Zuerst kam er Erste Weltkrieg, der erste Akt, 44 Jahre nachdem Pike seinen Plan über drei Weltkriege an Mazzini weitergegeben hatte. Die geheimen Frontorganisationen des Papsttums waren bei der Entstehung des Ersten Weltkriegs maßgeblich beteiligt. In der Folge kam es zu Leid, Schmerz, Tod und Chaos.

Plangemäß, wie in einem schlechten Drehbuch, folgte dann der Zweite Weltkrieg. Rom wollte über die protestantischen und orthodoxen Länder wieder Gewalt gewinnen und so wurde Jugoslawien und die Tschechoslowakei destabilisiert. Im katholischen Kroatien wurde die Ustasha gegründet und 1934 König Alexander ermordet. Das katholische Kroatien erklärte seine Unabhängigkeit und die Ustasha begannen, das Land systematisch von den orthodoxen Serben zu reinigen. Die katholische Kirche hatte dabei in Kroatien sogar ungeniert selbst Hand angelegt, als es wieder darum ging, Häretiker zu vernichten. Viele der Ustasha-Offiziere waren Priester und Mönche und richteten ihre Angriffe in schrecklichen Massakern gegen die orthodoxen Christen. Die moderne Inquisition der orthodoxen Serben durch die katholischen Kroaten forderte am Ende mehr als 750.000 Opfer. Der von Papst Pius XII zum Kardinal ernannte Stepinac, der 1941 geschrieben hatte: „Hitler ist von Gott gesandt", nannte das Vorgehen der Ustasha das „Werk des Herrn".[18] Damit hatte er gar nicht so Unrecht. Die Frage ist nur, welchen Herrn er damit meint?

Die Machtergreifung Hitlers wurde 1938 durch E. Paccelli, dem päpstlichen Nuntius in Deutschland dadurch ermöglicht, dass er die mächtige katholische Zentrumspartei ganz weit nach rechts führte.

Hitler selbst war hoher Freimaurer. Seine Symbole, wie z. B. das Hakenkreuz, sind Freimaurerzeichen. Der Hitlergruß mit der ausgestreckten Hand ist ein universelles Zeichen zur Anbetung der Sonne. Hitler war Jesuitenschüler und hat nach eigenen Angaben von diesem Orden viel gelernt. Er hat sogar die SS nach dem Muster der Jesuiten organisiert und Himmler als seinen Ignatius von Loyola bezeichnet. Himmler war durch seinen Vater und Bruder eng mit den Jesuiten verbunden. Auch Joseph

Goebbels war als Jesuit ausgebildet worden. Das Buch „Mein Kampf" wurde übrigens nicht von Hitler selbst, sondern ebenfalls von einem Jesuiten geschrieben.

Das heißt, der Zweite Weltkrieg nur der zweite Akt im großen Welttheater? Und Hitler ein Diener des Drachens, der in diesem Stück die Rolle des „Bösen" zu spielen hatte? Für alle Eingeweihte war das durch die verwendeten Symbole und die Geheimzeichen als Teil des Plans zu erkennen. Was aber das Ganze so ungeheuerlich macht, ist die Tatsache, dass der damals amtierende Präsident von Amerika, Roosevelt, ebenso ein führender Freimaurer war, wie Winston Churchill und auch Stalin. Die führenden Freimaurer kannten sich gegenseitig und sie kannten auch den gemeinsamen Plan, der zum großen Endsieg Luzifers führen sollte. Auch die Führer der Alliierten spielten nur eine Rolle, die der „Befreier".

Der zweite Weltkrieg also nur ein von vornherein abgekartetes Spiel auf Kosten Millionen unschuldiger Opfer? Hatte hier jeder nur eine vorher abgesprochene Rolle gespielt, der eine den Bösen, die anderen die Guten? Und ist wirklich sicher, dass die Überreste, die man von Hitler am Ende angeblich gefunden hat wirklich von ihm sind, oder wäre es einer solchen Organisation nicht auch möglich, seine erfolgreichen Mitspieler mit einer neuen Identität in Sicherheit zu bringen?

Was sollte im 2. Weltkrieg erreicht werden? Zum einen Chaos, Leid, Schmerz, Gräuel und Tod; das wurde sicherlich erreicht. Ein Ziel war es aber auch, die Bibelgetreuen und die vom Papst Abgefallenen zu vernichten. Der Verlauf des Krieges scheint diese Absicht zu bestätigen. Katholische Länder, wie z.B. Frankreich und Polen wurden fast ohne Blutvergießen eingenommen, die protestantischen und orthodoxen Gebiete und Länder wurden dagegen vernichtet. Das protestantische Norddeutschland wurde fast dem Erdboden gleich gemacht, ebenso Ostdeutschland und die protestantischen und orthodoxen Länder im Osten. Im protestantischen Ostdeutschland wurde nach dem Krieg jahrzehntelang Atheismus gelehrt, um den Samen der Getreuen auszulöschen. Millionen von Juden, die systematisch umgebracht wurden, waren in der Mehrzahl orthodoxe Juden, die den Sabbat hielten. Heute sagt man, sind Juden meist Kabalisten und glauben nicht mehr direkt an die Worte der Bibel, sondern an einen geheimen Zahlencode, der sich dahinter verbirgt.

Ich bin mir bewusst, dass es hier um ein sehr sensibles Thema geht. Ich habe diesen Krieg nicht erlebt. Viele haben ihre Lieben in diesem Krieg verloren und andere leiden noch heute unter den Folgen des Krieges. Ich will das deshalb auch nicht weiter ausführen, aber es ist erschreckend, wie man die blutige Spur des Tieres aus dem Meer und seiner geheimen Organisationen bis in unsere Zeit verfolgen kann. Es ist auch ganz offiziell bekannt, wie die katholische Kirche am Ende des 2. Weltkrieges Kriegsverbrechern zur Flucht nach Chile und Argentinien verholfen hat, um ihre Diener in Sicherheit zu bringen. Sie haben alle ihre Rolle gut gespielt. Dieser Fluchtweg ist heute unter dem Namen „Ratten Bahn" bekannt.

Der Papst hat später mit Fatima den Marienkult belebt und Russland der Mutter Gottes Maria geweiht. Und dann fällt wie durch ein Wunder der eiserne Vorhang. Da der Kommunismus anscheinend nur inszeniert war und gesteuert wurde, ist das eigentlich kein Kunststück. Die Diplomaten des Vatikans haben dabei auch kräftig mit geholfen, wie z.B. im Zusammenhang mit der polnischen Gewerkschaftsbewegung Solidarnosch bekannt wurde. Auch die kommunistischen Brüder haben ihre Rollen sehr gut gespielt.
Heute finden sich nahezu alle Staatsoberhäupter bei der Audienz beim Papst ein.

Wie wird das alles weitergehen? Seit dem Irak-Krieg hat auch die UNO gezeigt, wie sie unter Führung der USA handeln wird. Zuerst werden Wirtschaftssanktionen verhängt und dann fallen die Bomben.
Viele haben zu dieser Zeit ganz offen in den Medien darüber gesprochen, dass es offensichtlich nicht um die Hilfe für das kleine Kuwait ging, sondern um andere Interessen, nämlich um den Zugriff der USA auf die Ölvorkommen am Golf. Aber darüber hinaus ging es auch darum zu üben, wie die Welt, vereint in der UNO, gegen das vermeintlich Böse in der Welt kämpfen soll.

Ich erinnere mich noch gut an den 11. September des vergangenen Jahres. Ich war gerade auf dem Feld, als mich meine Frau rief, ich solle schnell kommen, ein Flugzeug sei in das World Trade Center gestützt. Wie gebannt saß dann die ganze Familie vor dem Fernsehschirm und wir sahen immer wieder die gleichen Bilder des Schreckens. Nachdem wir dann aber in den kommenden Tagen die Reaktionen des Präsidenten von Amerika verfolgten und sahen, was er jetzt plötzlich alles bewegen konnte, wie sich die ganze Welt hinter ihn und das amerikanische Volk stellte und ihm fast blindlings folgte, kam in uns ein Gefühl des Zweifels auf. Durch eine Katastrophe kann man die Massen bewegen, über alle politischen und ideologischen Grenzen hinweg. Sollte dieses Attentat nur inszeniert worden sein? In der Folge wurden jedenfalls die Anti-Terror-Gesetze in Amerika verabschiedet, die es dem Präsidenten endlich ermöglichen im Falle des Terrors jetzt Gesetze mit religiösem Inhalt zu erlassen, also z.B. religiöse fanatische Gruppen zu verbieten und zu verfolgen, was vorher undenkbar gewesen wäre. Zweimal hatte der Präsident bereits einen Anlauf mit diesem Gesetz gemacht, zuletzt nach dem schrecklichen Anschlag in Oklahoma, aber er war im Kongress gescheitert. Nach dem Attentat in New York ging das Gesetz glatt durch.

Die Welt wurde in eine Anti-Terror-Allianz förmlich hinein gezwungen mit der Androhung, dass jeder, der diesen Anti-Terror-Krieg nicht unterstütze, selbst als Terrorist angesehen werde.

Und dann kam es zum Krieg gegen Alkaida. Auch hier wurde geübt: Konten beschlagnahmen, unter Missachtung von Datenschutzgrundsätzen bei Banken, Firmen und Behörden persönliche Informationen auswerten, durch die Presse Meinung zu machen, zu verurteilen, bevor der Tatbestand erwiesen ist und schließlich auch wieder gemeinsam hinter Amerika in den Krieg zu ziehen.

Was hat dieser Krieg bis heute gebracht? Man weiß es nicht. Bin Laden, von dem es Aufnahmen gibt, auf denen er mit eindeutig geheimen Freimaurerhandzeichen abgebildet ist, wurde nicht gefunden, das Land Afghanistan wurde noch einmal zerstört und die USA hat jetzt das weltgrößte Drogenanbaugebiet unter seiner Kontrolle, was noch wertvoller ist als die Erdölfelder in Kuwait.

Vor dem Jahrestag des Attentats in New York hatten viele angst. Lange hat man von Alkaida jetzt nichts mehr gehört. Würden sie dieses Datum nützen, um erneut zuzuschlagen? Wird die Welt erneut den Atem anhalten müssen? Wenn das alles ebenfalls geplant war, dann muss die Stimmung gegen den Terrorismus in der Welt am Kochen gehalten werden, sonst fällt die Terrorallianz wieder auseinander.

Wird es wirklich zu einem dritten Weltkrieg kommen, wie das Albert Pike geplant hatte oder wird der dritte Weltkrieg der Krieg der Welt gegen den weltweiten Terrorismus sein? Natürlich ist das ja nicht zu verurteilen, es sei denn, der Terrorismus ist nur eine geplante Strategie, eine gespielte Rolle, durch die ein ganz anderer Zweck erreicht werden soll. Wäre es denkbar, dass einmal die Getreuen Gottes als Terroristen bezeichnet werden und sich anlässlich irgendeines vorgetäuschten Ereignisses mit Unterstützung der Medien plötzlich der Zorn der Welt gegen die Getreuen richtet? Stellen wir uns nur vor, bei den Untersuchungen des Anschlages auf das World Trade Center, die ja niemand objektiv nachprüfen kann, wäre herausgekommen, dass die Verantwortlichen radikale Bibelgläubige gewesen wären. Wie schnell wäre dann ein Urteil gefällt.

Es ist ja auch bekannt, dass der auslösende Anlass für die Empörung der Welt gegen den Irak im Kuwait-Konflikt, Bilder im Fernsehen waren, in denen zu sehen war, wie die irakische Armee in einem Krankenhaus in Kuwait Neugeborene aus den Brutkästen holte und sterben ließ. Daraufhin zog die Staatengemeinschaft einmütig hinter Amerika in den Krieg. Ein Reporterteam, das nach Ende des Krieges nach Kuwait ging, um über das Schicksal dieses Krankenhauses im weiteren Kriegsverlauf zu berichten, fand heraus, dass dieser Vorfall nie stattgefunden hatte. Ganz offensichtlich war das Ganze nur ein Bluff, eine gestellte Szene, mit der man die Weltöffentlichkeit manipulieren wollte und die Stimmung angeheizt hat, so dass alle einmütig hinter Amerika in den Krieg gezogen sind.

Ist denn die ganze Welt verrückt geworden, kann man sich denn auf gar nichts mehr verlassen? Sollten wir am Besten erst gar nicht mehr diese manipulierten Berichte anhören?

Es ist schon erstaunlich, wie offen man die Masse an der Nase herumführen kann, ohne mit ernsthaften Konsequenzen rechnen zu müssen. Kürzlich kam zum wiederholten Male der preisgekrönte Film „John F. Kennedy – Tatort Dallas", mit Kevin Costner. In diesem Film wird zweifelsfrei dokumentiert, dass J. F. Kennedy vom eigenen Geheimdienst ermordet wurde. Die amerikanische Nation verleiht dafür Filmpreise und geht dann zur Tagesordnung über.

Gestern war der 11. September 2002, der Jahrestag des schrecklichen Attentats von New York. Die Welt hat den Atem angehalten. Auch wir haben immer wieder das Fernsehen angemacht um zu sehen, ob etwas passiert sei. Es ist nichts passiert, Gott sei Dank. Dafür waren aber ergreifende Zeremonien und Gedenkfeiern zu sehen, und immer wieder die Bilder des Grauens aus dem Jahr zuvor. Am Abend strahlte dann das Fernsehen eine Dokumentation des 11. Septembers 2001 aus. Was ich aber da zu sehen bekam, verschlug mir die Sprache. Ich hatte hier zusammengeschnittene Filmszenen aus verschiedenen Quellen erwartet, die dann kommentiert werden. Zu meinem Erstaunen war das aber ein richtiger spannender Spielfilm, den man in Hollywood nicht hätte besser machen können.

Ich will die angebliche Entstehung und die Handlung des Films kurz erzählen, für alle, die diesen Film, der an diesem Abend <u>weltweit</u> ausgestrahlt wurde, nicht gesehen haben.

Zwei Brüder wollten in 2001 eine Dokumentation über eine Feuerwache drehen und darin zeigen, wie aus einem jungen Feuerwehranwärter, der frisch von der Ausbildung kommt, im Alltag auf der Wache in seiner Pro-

bezeit von 9 Monaten ein Mann wird.
Der Anwärter, der ausgewählt wurde, hieß Toni, und die Feuerwehrwache, in der das Ganze handeln sollte, war Manhatten-Süd. Diese Feuerwehrwache ist auch für das World Trade Center zuständig. Die Dokumentation beginnt im Frühsommer. Die Filmemacher zeigen den Alltag auf der Wache, begleiten Toni überall hin. Zunächst muss er alles machen, die Betten, das Essen, den Abwasch, Einsatzfahrzeuge reinigen und vieles mehr. Immer wenn er aber Dienst hatte, gibt es kein Feuer. So gerne wollte er seinen ersten Einsatz erleben, sehen, wie er das Gelernte anwenden kann, aber während der ersten 4 Monate seines Dienstes war in seine Schicht kein einziges Feuer in Manhatten-Süd.
Dann kam der 11. September. Toni hatte an diesem Tag dienstfrei. Am Morgen gab es einen Gasalarm und ein Einsatzwagen fuhr in die Nähe des World Trade Centers. „Rein zufällig" begleitete einer der Filmemacher den Einsatz, obwohl Toni nicht dabei war. Er filmt den Feuerwehrmann, wie er mit seinem Gasprüfgerät einen Kanaldeckel untersucht, dann schwenkt er nach oben zu einem Flugzeug, das über ihre Köpfe hinwegfliegt. Er bleibt mit der Kamera drauf und filmt so den Einschlag des ersten Flugzeugs in den Nordturm des World Trade Centers. So entstehen die einzigen Aufnahmen vom ersten Einschlag.
Er begleitet jetzt natürlich die Feuerwehrleute zum World Trade Center und filmt in der Lobby des Nordturms den ganzen Einsatz der Hilfskräfte und die Rettung von Menschen. Es sind dramatische Bilder. Der Zuschauer erfährt, dass die Lifte nicht funktionieren und sich die Feuerwehrleute zu Fuß über die Treppenhäuser auf den Weg nach oben machen müssen. Da sich die Katastrophe über dem 70. Stockwerk befindet und man für jedes Stockwerk ca. 1 Minute braucht, haben die Retter mit ihrer Ausrüstung einen Weg von über einer Stunde vor sich, bis sie den Einsatzort erreichen. Der Zuschauer fiebert mit, weil er nicht weiß, wann dieser Turm einstürzen und die Feuerwehrleute, die er bisher in diesem Film kennengelernt hat, unter sich begraben wird.
Dramatische Szenen werden festgehalten. Dann eine Explosion, draußen regnet es Feuer und Trümmerteile, der Südturm war vom zweiten Flugzeug getroffen worden. Die Feuerwehr muss ihre Kräfte jetzt aufteilen. Immer mehr Retter kommen aus der ganzen Umgebung und werden von der provisorischen Leitstelle in der Lobby des Nordturms eingeteilt. Dazwischen hört man immer wieder die dumpfen Aufschläge von Menschenkörpern, von Menschen, die es vorgezogen haben, in den Tod zu springen.
Plötzlich ein Vibrieren und ein rasch zunehmendes Getöse, der Südturm stürzt in sich zusammen. Immer noch läuft die Kamera und hält alles fest.

Alles ist jetzt dunkel. Dann wischt der Kameramann den Staub von der Linse und leuchtet mit seiner eingebauten Lampe durch den Staub. Langsam tauchen Gestalten auf. Die Männer der Feuerwehrleitstelle in der Lobby haben den Einsturz des Südturms alle überlebt. Einziges Opfer ist der Feuerwehrgeistliche, der in der Lobby gebetet hatte.

Der Einsatzleiter befiehlt jetzt den Rettern im Nordturm das Gebäude wegen Einsturzgefahr sofort zu räumen. Jeder sollte jetzt sein eigenes Leben retten. Der Kameramann kämpft sich mit dem Einsatzleiter und einigen weiteren Rettern ins Freie und als sie sich in sicherer Entfernung befanden, bricht auch der Nordturm in sich zusammen.

In der Zwischenzeit ist Toni aus seiner Freischicht in die Wache zurückgekommen. Er wollte sofort an den Einsatzort, musste aber am Telefon bleiben und die Einsatzkräfte, die aus der Freischicht zurückkamen, koordinieren. Der zweite Kameramann war in der Wache geblieben und konnte alles festhalten. Wie gebannt starrt Toni auf die Bilder im Fernsehen, dann zieht er sich an, rennt zur Tür, dreht aber wieder um und geht wieder zum Fernsehen. Er will seinen Kameraden helfen, aber er darf nicht. Immer wieder spielen sich die gleichen Szenen ab. Dann kommen immer mehr aus der Freischicht zurück und schließlich übernimmt einer seine Aufgabe und er kann los. Der zweite Kameramann will ihn begleiten. Toni bittet ihn an der Tür der Feuerwache, ihm noch die Handschuhe zu bringen. Als der Kameramann zur Tür zurückkehrt, ist Toni bereits in Richtung World Trade Center verschwunden. Der Kameramann macht sich jetzt selbst auf den gleichen Weg, filmt unterwegs bewegende Szenen in der Bevölkerung und kann schließlich auch den Einsturz des Nordturms festhalten.

In dem Chaos aus Rauch und Staub kämpft sich der erste Filmemacher wieder zur Feuerwache zurück. Wer wird überlebt haben? Wo war sein Bruder? Bange Minuten verstreichen. Die ersten Retter kehren erschöpft und in ihren Gesichtern gezeichnet zurück. Jeder Überlebende wird freudig begrüßt. Schließlich kann der erste Filmemacher auch seinen Bruder lebend in die Arme schließen, sie halten sich fest und weinen.

Wie durch ein Wunder sind schließlich alle Feuerwehrleute der Wache Manhatten-Süd wohlbehalten zurück - alle außer Toni. Freude über die lebenden Kameraden vermischt sich mit Trauer, dass Toni fehlt. Einige wollen sich aufmachen um ihn zu suchen, aber da taucht aus Rauch und Staub eine Gestalt auf, Toni.

Alles wird auf dem Film festgehalten. Trotz Tausender von Toten und obwohl hunderte von Rettern ihre Leben verloren haben, gab es in diesem Film für die zuständige Feuerwache Manhatten-Süd ein Happy End.

Der junge Feuerwehrmann Toni war jetzt in seinem ersten Einsatz in wenigen Stunden zum Mann geworden. Ruhig und besonnen sprach er über seine Eindrücke und seine Gefühle, seinen Stolz auf sein Land und davon, dass er jetzt auch bereit sein würde, für sein Land in den Krieg zu gehen und andere Menschen zu töten, wenn das erforderlich sei.

Am nächsten Tag nach der weltweiten Ausstrahlung dieses Films hielt Bush eine Rede vor der UNO, in der er vor der Staatengemeinschaft die Notwendigkeit eines Präventivschlages gegen den Irak erläuterte, weil der Irak angeblich die Terrororganisation Alkaida unterstützt.

Dieser Film ist so perfekt, so stimmungsvoll, seine Handlung so ergreifend und spannend. Es wurden „zufällig" alle wichtigen Bilder der Katastrophe festgehalten. Trotz des Infernos im Hintergrund hatte der Film ein Happy End. Einer der beiden Filmemacher sagte in dieser Dokumentation: „Geschichte habe immer ihre Zeugen". Das ist richtig, aber immer da, wo Menschen Geschichte gemacht haben, hatten diese auch meist ihre eigenen Geschichtsschreiber dabei. Wie könnte man ein Ereignis derart instrumentalisieren, wenn es niemand in Bild und Ton festgehalten hätte? Ich würde jedenfalls auf Nummer sicher gehen.

Mich hat diese Dokumentation in meiner Meinung bestärkt, dass hier nicht alles mit rechten Dingen zugegangen ist. In den Berichten zum Jahrestag des Attentats sagte z.B. der Chefstatiker des höchsten Bürogebäudes Europas, eines Bankturms in Frankfurt, ihm sei es vollkommen unverständlich, wie die beiden Türme nach den Einschlägen in den oberen Bereichen so vollständig in sich zusammenfallen konnten.

Mich verwundert auch, dass sie so kontrolliert in sich zusammengestürzt sind, dass der beste Sprengmeister seine Mühe gehabt hätte, das auch so hin zu bekommen. Angeblich gibt es Augenzeugen, die kurz vor dem Einsturz Explosionen gehört haben wollen, aber dazu habe ich nichts Näheres erfahren.

Interessant ist aber auch, dass am gleichen Platz wenig später noch ein drittes Hochhaus ohne jegliche Fremdeinwirkung ebenfalls so kontrolliert vollständig in sich zusammen gestürzt ist. Darüber wurde nur wenig berichtet. Vielleicht war dieses Gebäude das Ziel des dritten Flugzeuges, welches aber nie angekommen ist.

Ich will hier nicht weiter spekulieren, aber noch einmal darauf hinweisen, dass die Meisten von uns sich in der Regel über das aktuelle Weltgeschehen kein eigenes Urteil bilden können. Wir sind alle darauf angewiesen, was uns über die Nachrichtenmedien präsentiert wird. Dass man über die Medien Stimmung machen kann und dass die Medien dazu auch ganz bewusst genutzt werden, ist uns aus den Berichterstattungen über den Golfkrieg und den Einsatz gegen Alkaida in Afghanistan allen klar.

Wie wird es weitergehen? Wird es wirklich zu einem totalen Chaos auf diesem Planeten kommen, in allen Bereichen? Wird es wirklich dazu kommen, dass Gesetze erlassen werden, die Menschen wegen ihres beharrlichen Glaubens an die Bibel der Verfolgung und der Vernichtung preisgeben? Ist das in unserer demokratischen Welt überhaupt vorstellbar?

Wir sind von diesem Punkt gar nicht so weit entfernt. Das mag für viele absurd klingen, aber ich sage das nicht nur so dahin. Um zu zeigen, wo in Zukunft die Welt hingeführt werden soll und dass abermals eine Verfolgung der Getreuen bevorsteht, mit dem Ziel, sie endgültig zu vernichten, möchte ich noch einmal den Papst und den Präsidenten der Vereinigten Staaten zu Wort kommen lassen.

In 1999 veranstaltete Papst Johannes Paul II eine Konferenz, an der 2000 religiöse Führer verschiedener Glaubensrichtungen, Sekten und Kulten zusammen kamen. Der Papst sagte auf dieser Konferenz folgendes:

> Religiöse Fundamentalisten, die es zurückweisen mit der weltweiten ökumenischen Bewegung zu gehen, müssen zum Schweigen gebracht und von allen als gefährliche Extremisten denunziert werden, voll von Hass. Diese Christofaschisten, die stur an der Bibel festhalten, sind wie Häretiker zu behandeln. [19]

Es ist einfach unglaublich, welcher Worte sich hier der angebliche moralische Führer der Welt bedient. Für mich offenbart er damit selbst, dass er mit der Stimme des Drachens spricht. Wie Häretiker angemessen behandelt werden, hat uns die römische Kirche seit nunmehr fast 1500 Jahren vorexerziert. Millionen von Getreuen mussten, von der Zeit des Mittelalters bis weit in unsere Zeit hinein, ihren Glauben an den wahren Gott mit Ihrem Leben bezahlen. Das, was es eigentlich nicht mehr geben dürfte, die Verfolgung um des Glauben willen, geschieht mitten unter uns. Und die erneute Verfolgung, die bald kommen wird, ist hier verbal bereits in Vorbereitung. Von den religiösen Führern der Welt kamen zu diesen Worten des Papstes keine Proteste, man ist sich also schon einig.

Und was sagt das Tier mit den beiden Hörnern dazu, das die Welt dazu veranlasst hat, dem Papsttum eine Institution zu gründen und ihr Macht zu verleihen, damit alle, die sich nicht vor dieser Institution beugen, getötet werden? Präsident Bush hat sich erst kürzlich zu Wort gemeldet und sagte am 22. März 2002:

> Der beste Weg, um Papst Johannes Paul II zu ehren, wahrhaftig einer der großartigsten Männer, ist, das was er sagt ernst zu nehmen und seine Worte und Lehren nicht nur zu hören, sondern hier in Amerika in Taten umzusetzen. Das ist eine Herausforderung, die wir akzeptieren müssen. [20]

Die Demokratie der Vereinigten Staaten von Amerika, mit ihrer in der Verfassung festgelegten Religionsfreiheit ist dabei, die Vorstellungen des Papstes in Taten, sprich in Gesetze umzusetzen. Wir denken vielleicht, in unserer demokratischen Welt sind wir sicher, wir leben doch in einem Rechtsstaat. Aber wir vergessen, dass wir auf einem Pulverfass sitzen, an das die Lunte bereits gelegt ist. Es bedarf nur noch eines kleinen Funken, und die Diener des Drachens werden die Menschheit in die letzte große Schlacht führen, siegessicher.

Das wird über die ganze Menschheit plötzlich und überraschend hereinbrechen und Menschen, die wir bisher als liebe Nachbarn gekannt haben, werden sich plötzlich als brutale Mörder entpuppen. Ich möchte hier nur an das ehemalige Jugoslawien erinnern, wo genau das vor wenigen Jahren geschah, mitten in Europa am Ende des 20. Jahrhunderts.

Ja, siegessicher werden die Diener des Drachens zur letzten großen Schlacht aufrufen. - Doch sie wissen nicht, dass das Ende bereits beschlossen ist, aber anders, als sie sich das vorstellen.

Gott wird den Sieg davon tragen, ohne Zweifel, und noch ist es nicht zu spät, sich auf die Seite des Siegers zu stellen.

❖ ❖ ❖ ❖ ❖

Jetzt bin ich mit meiner Geschichte im Heute angekommen. Die Geschichte ist noch nicht zu Ende, nein, sie geht jeden Tag weiter, bis zum letzten Tag dieser Erde. Es ist für mich einfach unglaublich, was ich in dieser Geschichte bisher zusammentragen konnte. Ich habe mir vorgenommen, nicht mehr einfach alles zu glauben, was einem da so jeden Tag präsentiert wird. Ich habe gelernt einfache Fragen zu stellen, logisch zu überlegen und nach Antworten zu suchen. Das kann jeder, wie ich meine, und es ist der Mühe wert.

Wir hatten in Deutschland gestern die Bundestagswahl 2002 und es war ein spannendes Rennen zwischen der Regierungskoalition und der Opposition. Ich persönlich sehe die Wahlen zwischenzeitlich mit anderen Augen. Ich weiß, dass alle, die nicht auf der Seite Jesu Christi stehen, ohnehin der gleichen Partei angehören, der des Drachens. Insofern ist es relativ egal, wer gerade regiert. Muss man im Übrigen nicht auch in Deutschland mit solchen Manipulationen des Welttheaters rechnen?

Für mich ist jedenfalls unerklärlich, warum intelligente und verantwortungsbewusste Politiker aus dem Regierungslager im Wahlkampf so antiamerikanische Töne angeschlagen haben. Das kann doch nicht durch Naivität oder Dummheit erklärt werden, die Leute wissen doch, was sie sagen und was das für eine Wirkung hat.

Warum hat sich der Bundeskanzler noch im letzten Jahr in Amerika richtig angebiedert und ist ohne Termin zum amerikanischen Präsidenten gereist, um sich vorzudrängen und unbedingt deutsche Solidarität zu übermitteln und die deutsche Bereitschaft, mit Amerika in den Krieg gegen Alkaida zu ziehen. Und der gleiche „Kriegskanzler", wie der Bundeskanzler darauf hin genannt wurde, bezieht ein Jahr später genau den entgegengesetzten Standpunkt. Er formuliert einen deutschen Weg und sagt er würde sich unter keinen Umständen am möglichen Einsatz gegen den Irak beteiligen, selbst dann nicht, wenn ein UNO-Mandat vorläge. Und diesen Standpunkt propagiert er in der Öffentlichkeit und weigert sich, auch nur mit dem amerikanischen Präsidenten darüber zu sprechen, obwohl er vorher dem amerikanischen Präsidenten seine Solidarität in der Irak-Frage mehrmals versprochen hat. Ist aus dem Kriegskanzler jetzt plötzlich ein Friedenskanzler geworden? Warum provoziert er damit eine deutsch-amerikanische Eiszeit herauf?

Und die USA? Sie reagieren für mich völlig überraschend, warum?

Eigentlich hätten sie diese 180-Grad-Wende der deutschen Regierung doch als reines Wahlkampfmanöver durchschauen müssen. Sie hätten doch damit rechnen können, dass nach gewonnener Wahl die Töne wieder moderater werden. Und dann weiß Washington doch über die begrenzten deutschen militärischen Möglichkeiten Bescheid, die ohnehin mit den Einsätzen im ehemaligen Jugoslawien und in Afghanistan an der Grenze ihrer Leistungskraft liegen. Darüber hinaus brauchen die Amerikaner die unerfahrenen Deutschen doch überhaupt nicht, sie kämpfen viel lieber mit den kriegserfahrenen Engländern und Franzosen.

Trotzdem kommt eine überraschend scharfe Reaktion aus Washington und es wird gesagt, die deutsch-amerikanischen Beziehungen seien vergiftet.

Die USA schickt auch nicht das übliche Glückwunschtelegramm zur gewonnenen Wahl, was eigentlich eine Beleidigung für sich darstellt. Was aber für mich der Gipfel ist, der amerikanische Präsident hat heute am Rande einer Veranstaltung zu diesem Thema gesagt: Er habe der Welt seinen Standpunkt schon erläutert. Entweder man stehe hinter Amerika, oder auf der Seite des Terrors.

Das ist wirklich ein starkes Stück. Auch wenn es anscheinend nicht sehr klug vom deutschen Bundeskanzler war, sich und Deutschland in so eine Lage zu manövrieren, dann war das Ganze doch nichts Verwerfliches. Alles was er für Deutschland in seiner staatlichen Souveränität erklärt hat, war doch nur, dass er nicht bereit sei, mit Amerika gegen den Irak in den Krieg zu ziehen. Darf man das heute in dieser Welt nicht mehr sagen? Laufen alle Staaten und vielleicht auch Personen Gefahr als Terroristen eingestuft zu werden, wenn sie es wagen, eine andere Meinung zu haben als Amerika, dem Tier, das aussieht wie ein Lamm, aber redet wie ein Drache? Werden solche Staaten und Personen zukünftig verfolgt und getötet?

Was soll das ganze Theater? Soll hier der Welt wieder etwas demonstriert werden, z.B. dass Amerika das Sagen in der Welt hat und man sich besser dem Willen der USA unterordnet? Ich bin jedenfalls gespannt, wie sich diese Lage wieder entspannt. Amerika wird in diesem Punkt nicht einfach zur Tagesordnung übergehen. Ich verfolge deshalb die Meldungen mit großem Interesse. Oft sind es unscheinbare Äußerungen, die die wahren Absichten verraten.

Mich regt das alles nicht mehr auf. Schließlich muss es so kommen. Es läuft alles nur nach Plan. Doch auch das Ende wird planmäßig kommen, nicht so wie die Diener des Drachens das erwarten, sondern so, wie es in Gottes Wort steht.

Was für mich jetzt noch als Frage offen ist, wo stehen die Getreuen heute? Satan hat über seine menschlichen Werkzeuge und deren geheime Frontorganisationen die ganze Welt im Griff. Was ist aber mit den Übrigen, den Aufrichtigen, die bis heute an Gottes Wort festhalten? Müssten nicht gerade sie das Hauptangriffsziel Satans sein? Wenn es gelingen würde sie vorzeitig auszuschalten, dann wäre das Ziel für Satan viel leichter zu erreichen, weil dann da keiner mehr wäre, der ständig mit der Wahrheit des Wortes Gottes die Verschwörungen und Irrlehren aufdecken könnte.

Kapitel 12
Die Gemeinde der Übrigen

Nach Gottes Plan ist aus der großen Erweckungsbewegung vor 1844 und der anschließenden Enttäuschung, weil Jesus nicht wie erwartet in 1844 wiedergekommen ist, eine neue Gemeinde hervorgegangen. Gott hatte den Glauben der Menschen zu dieser Zeit einer schweren Prüfung unterzogen und nur wenige haben sich in dieser Prüfung als standhaft erwiesen. Diese Wenigen setzten weiterhin ihr ganzes Vertrauen auf Gott und baten Gott um Licht, dass sie ihren Irrtum verstehen konnten. Sie waren bereit ihr ganzes Leben Gott und seinem Werk zur Verfügung zu stellen und die Wahrheit des ewigen Evangeliums in der ganzen Welt zu predigen.

Gott sah gnädig auf seine kleine Herde und erhörte ihre Gebete. Er offenbarte ihnen die himmlischen Dinge, die sich in 1844 ereignet hatten und beauftragte sie, die frohe Botschaft der Erlösung in die ganze Welt hinaus zu tragen. Damit erfüllte sich wieder eine Prophetie, denn die große Enttäuschung und die anschließende Gründung der Gemeinde der Übrigen waren bereits im Wort Gottes vorausgesagt. Gott erweckte für die Gemeinde der Übrigen aus den Schwächsten auch eine Prophetin, durch die er diese neue Gemeinde stärken wollte und der er in unzähligen Träumen und Visionen den Weg der Gemeinde durch die Endzeit offenbarte, auf Gefahren hinwies, die an diesem Weg lauerten und Wegweisung gab für wichtige Entscheidungen. Diese Prophetin, Ellen G. White, war ebenfalls die Erfüllung einer Prophezeiung im Buch der Offenbarung, wo Gott Johannes zeigte, dass die Gemeinde der Übrigen über den Geist der Weissagung, das heißt über einen Propheten verfügen würde.

Wenige Jahre nach der Enttäuschung von 1844 gründete sich nach dem Willen Gottes im Jahr 1863 die Gemeinschaft der Siebenten-Tags-Adventisten. Sie hat von Gott den Auftrag, die Welt auf die Wiederkunft Jesu vorzubereiten, gerade so, wie das auch der Auftrag Johannes des Täufers war, vor dem ersten Kommen Jesu.

Die Siebenten-Tags-Adventisten sind heute weltweit die einzige Gemeinde, die allein die Bibel als ihr Glaubensfundament akzeptiert. Sie glauben noch an die Schöpfung in buchstäblichen 7 Tagen und sie halten als Zeichen dafür den biblischen Sabbat, so wie Jesus das tat. Sie glauben, dass man nur aus Glauben durch die Gnade Gottes gerettet wird und dass man diesen Glauben in einer freien Willensentscheidung als Erwachsener in der Taufe durch untertauchen bekundet. Sie glauben, dass Jesus, der Sohn Gottes, am Kreuz durch sein Blut ein für alle Mal für die Sünden der Welt die Schuld bezahlt hat und jeder dieses Geschenk nach aufrichtigem Bereuen seiner Schuld annehmen kann.

Sie glauben, dass Jesus als unser Hohepriester im himmlischen Heiligtum für uns eintritt, uns unsere Schuld vergibt und uns die Kraft schenkt, Sünde zu überwinden und ein gottgefälliges Leben zu führen. Sie glauben, dass der Mensch nach dem Tod in der Erde schläft und von Jesus am jüngsten Tag auferweckt wird, entweder zum ewigen Leben oder zur ewigen Verdammnis. Und schließlich glauben sie, dass Gott uns liebt und möchte, dass wir auch auf Erden ein glückliches Leben führen und verantwortungsvoll mit der Schöpfung und mit uns selbst umgehen. Sie enthalten sich deshalb jeglicher Genussgifte, wie z.B. Alkohol, Tabak und Drogen und setzen sich dafür ein, dass Menschen von diesen zerstörenden Bindungen frei werden. Sie gehen verantwortlich mit ihren Kräften um, wissen um die Notwendigkeit von ausreichend frischer Luft, Sonnenlicht, Wasser, einer gesunden Ernährung und Bewegung aber auch von Mäßigkeit, Ruhe und Gottvertrauen.

Dass ein Leben nach Gottes Plan nicht umsonst ist, zeigen wissenschaftliche Langzeitstudien in Amerika, in denen festgestellt wurde, dass bei Adventisten nicht nur die durchschnittliche Lebenserwartung um ca. 8 Jahre höher ist, als der allgemeine Wert, sondern auch das Risiko von Herz-, Kreislauferkrankungen und Krebs, welche in den meisten Fällen durch den Lebensstil verursacht werden, wesentlich geringer ist.

Dieser Glaube ist ganz einfach, er steht auf dem festen Fundament des Wortes Gottes und nicht auf Mutmaßungen und menschliche Theorien. Die Siebenten-Tags-Adventisten sind damit heute die Erben der Reformation.

Die Botschaft, die die Gemeinde der Übrigen der Welt verkündigen soll ist eine Dreifache:

> Vertraut auf Gott unseren Schöpfer und gebt ihm die Ehre, denn die Stunde seines Gerichts ist gekommen. Betet den

Schöpfer alleine an, den, der den Himmel, die Erde, das Meer und alles was darinnen ist geschaffen hat.

Satan und seine Helfershelfer sind bereits besiegt. Kommt heraus aus den falschen Religionen und sondert euch ab von den Götzenanbetern und Atheisten, damit ihr nicht Anteil habt an ihrem schrecklichen Ende.

Nehmt nicht das Zeichen des Papsttums an, den Sonntag, sondern haltet die Gebote Gottes und sein ewiges Zeichen, den Sabbat. Alle die am Ende das Malzeichen des Papsttums annehmen, werden ein schreckliches Ende finden.

Gott hat sein Volk in allen Völkern, Sprachen, Nationen und Religionen und jeder Mensch hat die Freiheit, sich für eine Seite zu entscheiden. Entweder er entscheidet sich für den Glauben an Gott und ist bereit dem Wort Gottes zu gehorchen, auch wenn er dadurch Nachteile, ja am Ende vielleicht sogar Verfolgung auf sich nehmen muss, oder er steht auf der Seite Satans und geht für das ewige Leben verloren.

Aus den kleinen Anfängen der Gemeinde der Übrigen ist heute eine weltweite Bewegung geworden mit über 12 Millionen getauften Gliedern und sie wächst täglich weiter. Diese Gemeinde der Übrigen ist in nahezu allen Ländern der Welt tätig und verkündigt nicht nur das ewige Evangelium, sondern steht den Menschen auch bei in ihren Sorgen und Nöten. Sie unterhält weltweit tausende von Grundschulen, weiterführende Schulen und Universitäten, Kindergärten, Krankenhäuser, Gesundheitseinrichtungen, Verlagshäuser, Radio- und Fernsehstationen, sowie Institutionen der Wohlfahrts-, Entwicklungs- und Katastrophenhilfe.

Was hat Satan unternommen um diese Bewegung aufzuhalten, um die Verkündigung der Wahrheit zu unterbinden? Was unternimmt er noch heute, um die Erben der Reformation zu vernichten? Diese Fragen waren für mich besonders wichtig, schließlich ging es dabei nicht nur um das Schicksal meiner Gemeinde, sondern auch um mein eigenes. Was ich aus der Bibel gelernt hatte, war, dass wir aus den Fehlern des Volkes Gottes zur Zeit des Alten und Neuen Testaments lernen sollen. Gott hat uns die unterschiedlichen Strategien Satans und seiner Helfershelfer, sowie die Schwächen der Glaubensväter und deren Folgen mitgeteilt, damit wir unsere Problembereiche heute besser erkennen können.

Mir war klar, Satan würde gegen Gottes Volk auch heute ganz raffiniert vorgehen. Verführung und Täuschung sind dabei seine besonderen Stärken. Er würde in jedem Fall zunächst nicht den offenen Kampf suchen, in dem er sofort entlarvt wird, sondern im Geheimen wirken. Bereits in der Gegenreformation hatte sich diese Strategie bewährt.

Würde es ihm gelingen die neue Gemeinde zu unterwandern, dann könnte er sie von innen heraus aushöhlen, so dass sie am Ende ihre Wurzeln und ihren Auftrag ebenso vergisst, wie der Protestantismus.

Schon früh in der Geschichte der Adventgemeinde gelang es Satan immer wieder die neue Gemeinde zu infiltrieren. Namhafte Persönlichkeiten standen plötzlich auf und versuchten Irrlehren, wie z.B. den Pantheismus, in die Gemeinde zu bringen. Im Wesentlichen geht der Pantheismus davon aus, dass Gott in allem ist, in jedem Baum, in jeder Blume, auch in dem Menschen. Wenn Gott im Menschen ist, dann ist der Mensch in gewisser Weise auch Gott. Damit sind seine Handlungen von Gott geleitet, es gibt keine Sünde mehr und Erlösung ist ebenfalls nicht notwendig.

Begleitet wurden diese Irrlehren von dem Versuch, auf „politischem Weg" die Führung der Gemeinde zu übernehmen. Ausschüsse und Wahlgremien wurden von diesen Männern bewusst beeinflusst und manipuliert. Das erfolgte zum Teil mit schmeichelhaften Worten, mit hochtrabenden unverständlichen Ausführungen, bis hin zur Anwendung von psychologischen und hypnotischen Mitteln. Es wurde auch versucht die Gemeindeschulen unter Kontrolle zu bekommen. Schon die Jesuiten hatten zurzeit der Gegenreformation die größten Erfolge durch ihre Schulen.

Ende des 19. Jahrhunderts stand die Adventgemeinde so vor einer schwierigen Prüfung. Der Feind war schon weit vorgedrungen. Aber durch die Hilfe Gottes und das Licht, das er seiner Prophetin gab, konnten die Irrtümer und Anschläge rechtzeitig aufgedeckt werden. Die Getreuen setzten sich schließlich durch und die Rebellen verließen die Gemeinde und wurden zum Teil zu deren erbittertsten Gegnern. Ob diese Männer eingeschleuste Diener des Drachens waren, kann ich nicht sagen, jedenfalls haben sie sich so verhalten und wollten die Gemeinde von ihrem Weg abbringen und verweltlichen.

Heute scheint oberflächlich alles ruhig zu sein, aber diese Ruhe ist trügerisch. Würde nicht Satan versuchen über seine geheimen Frontorganisationen gerade auch in unserer Zeit die Gemeinde der Übrigen zu unterwandern und zu vernichten?

Wenn man selbstkritisch überlegt und logisch denkt, dann muss man diese Frage mit ja beantworten. Darüber hinaus hat die Prophetin Gottes uns davor gewarnt, dass die Adventgemeinde in der letzten Zeit ähnlichen

Problemen ausgesetzt sein würde, wie zum Ende des 19. Jahrhunderts. Ist davon heute etwas zu bemerken? Gibt es offensichtliche Irrlehren in der Gemeinde und wird versucht die Führung zu übernehmen?
Es gibt immer wieder Versuche neue Lehren einzuführen oder alte Lehren zur Seite zu legen. So haben z.B. charismatische Ansätze, die sich in unverständlicher Zungenrede und in Heilungen äußerten, eine zeitlang für Verwirrung gesorgt. Dann haben leitende Brüder die Gemeinde mit guten Argumenten an die ökumenische Bewegung angenähert, um mit den anderen christlichen Kirchen ins Gespräch zu kommen und sicherzustellen, dass die Adventgemeinde anerkannt wird und nicht mehr als Sekte bezeichnet werden darf. Viele Gemeindeglieder haben natürlich sofort erkannt, dass man hier Schutz und Anerkennung auf der falschen Seite sucht. Heute ist die Adventgemeinde Gastmitglied im Arbeitskreis christlicher Kirchen. Meines Erachtens ist das nicht der richtige Weg. Ebenso haben immer wieder Prediger gegen das himmlische Heiligtum gesprochen. Wenn es Satan gelingen würde das himmlische Heiligtum zu Fall zu bringen, dann würden damit auch das im himmlischen Heiligtum verwahrte Gesetz, die zehn Gebote, zu Fall kommen und damit auch der Sabbat.

Aber der Geist Gottes hat seine Gemeinde bisher beschützt, ihr durch die Schriften seiner Prophetin Warnungen geschickt und sie auf den rechten Weg zurückgeführt.

In letzter Zeit macht sich eine gewisse Lauheit in der Gemeinde breit. Satan versucht, wo immer er kann, Gemeinden zu spalten. So findet man fast in jeder Gemeinde Extreme, seien es Liberale, die die Liebe Jesu betonen und die Gebote in den Hintergrund drängen oder Konservative, die das Gesetz überbetonen und vergessen, dass sie nur aus Gnaden gerettet werden. Aber auch davor hat uns das Wort Gottes schon gewarnt. Im Buch der Offenbarung wird die letzte Gemeinde von Jesus als lau bezeichnet, sie sei weder kalt noch warm. Sie glaube, sie habe alles und brauche nichts und wisse aber nicht, dass sie eigentlich arm, jämmerlich, nackt und blind sei. Jesus rät dieser Gemeinde, dass sie von ihm den Heiligen Geist erbitte und sich im Glauben darauf besinne, dass sie nur durch das Opfer Jesu vor Gott gerechtfertigt werden könne. Leider entdeckt man diese Lauheit heute in der Gemeinde. Sie äußert sich darin, dass man müde geworden ist, unter Anfechtungen das Evangelium zu verkündigen, dass man teilweise den Adventglauben wie eine Religion betrachtet und nur noch am Sabbat in die Gemeinde kommt, sich die Predigt anhört und dann wieder in seinen Alltag zurückgeht. Und man nähert sich in vielen Dingen der Welt an, sei es in Fragen des Lebensstils oder aber z.B. auch in moralischen Fragen, wie dem

Zusammenleben ohne Trauschein und der Scheidung und Wiederverheiratung.

Der Druck der Gesellschaft und der Medien ist ungeheuer groß. Den ganzen Tag werden wir von klein an mit einem verkehrten Weltbild gefüttert. Da ist es kein Wunder, wenn man langsam mürbe wird. Und dennoch gibt das Wort Gottes und die Ermahnungen durch Gottes Propheten unverändert die Richtung der Wahrheit vor.

Warum erzähle ich das alles? Ich will nicht meine eigenen Gemeinde verurteilen sondern nur zeigen, dass wir uns niemals in Sicherheit wiegen dürfen. Der Drache und seine Diener werden nicht aufgeben. Was mir aber noch wichtiger ist, ich möchte damit sagen, dass wir uns nicht an anderen Menschen orientieren dürfen. Wenn wir unseren Halt bei anderen suchen, dann werden wir zu Fall kommen, wenn diese straucheln. Wir sollten unseren Halt bei Jesus suchen und in seinem Wort. Und dann werden wir andere nicht wegen ihren Äußerungen und Handlungen kritisieren und verurteilen, sondern ihnen helfen und selbst versuchen, es besser zu machen.

Geben Sie deshalb nicht gleich auf, wenn Sie eines Tages einen Adventisten kennenlernen und der nicht 100% mit der Idealvorstellung übereinstimmt. Ich habe jedenfalls gelernt auf mich selbst zu schauen, auf meine eigenen Schwächen und damit habe ich erst einmal genug zu tun. Ich bin mir dennoch sicher, dass Sie diesen besonderen Geist spüren, wenn sie eine Adventgemeinde besuchen, die Liebe Gottes in den Herzen der Menschen. Auch ich wurde von dieser Liebe angezogen und habe mich gerade deshalb näher mit dem Glauben auseinandergesetzt. Es ist einfach schön, wirkliche Brüdern und Schwestern zu haben, die Freud und Leid miteinander teilen, von denen man angenommen wird, so wie man ist und die treu sind. Es ist einfach faszinierend zu erleben, dass sich diese Glaubensfamilie über die ganze Welt erstreckt und man in allen Sprachen und Ländern die gleiche Liebe wiederfindet.

Was für mich wichtig ist, Gott hat versprochen seine Gemeinde ans Ziel zu bringen und er hat uns aufgerufen, die Gemeinde nicht zu verlassen. Was auch immer geschieht, wie sehr vielleicht eingeschleuste Diener des Drachens versuchen werden, die Gemeinde durch Irrlehren zu Fall zu bringen, ich werde der Gemeinde nicht den Rücken kehren. Am Ende, sagt Gott in seinem Wort, wird er diese Menschen und ihre Irrlehren aus der Gemeinde ausspeien. Ich werde versuchen mit Gottes Hilfe den Glauben der Übrigen in mir zu bewahren, dazu zu stehen und ihn unverfälscht weiterzugeben. Und ich bin gespannt, wie Gott es anstellen wird, aus seiner Gemeinde die Braut Christi zu machen, makellos und ohne Fehler, von der er voll Stolz sagen kann: Hier ist meine Gemeinde, die meine Gebote hält und den Glauben Jesu hat.

❖ ❖ ❖ ❖ ❖

Ich werde jetzt mit meiner Geschichte zu Ende kommen. Sie ist noch nicht zu Ende, sondern sie geht weiter bis zum Ende der Welt und dann, dann fängt sie erst richtig an.

Ich hoffe, es war für den Leser eine spannende Geschichte, eine Geschichte, die zum Nachdenken anregt; eine Geschichte, die vielleicht den einen oder anderen dazu veranlasst, nicht mehr alles so blauäugig zu glauben, was uns täglich präsentiert wird. Auch wenn es unbequem erscheinen mag, eine scheinbar sichere Position zu verlassen, ich kann bezeugen, für mich hat es sich gelohnt.

Vielleicht trägt diese Geschichte auch dazu bei, dass der eine oder andere einmal über seinen Glauben und über Gott nachdenkt, über die Frage, ob es diesen Gott der Liebe wirklich gibt. Bei mir hat alles auch ganz klein angefangen, mit dem ersten zaghaften Schritt.

Ich möchte nicht versäumen noch einmal darauf hinzuweisen, dass es sich bei dieser Geschichte nur um meine persönliche Erfahrung handelt. Jeder ist selbst verantwortlich, was er jetzt daraus macht. Für Formulierungen und Aussagen in dieser Geschichte, durch die sich der eine oder andere persönlich angegriffen oder verletzt fühlte, möchte ich mich entschuldigen. Es war nicht meine Absicht irgendjemanden zu verletzen. Ich will auch niemanden verurteilen wegen dem, was er glaubt. Meine Absicht war es nur, die Hintergründe von Systemen und Institutionen aufzuzeigen, so wie sie sich mir dargestellt haben, um so den Menschen zu helfen, selbst richtige Entscheidungen zu treffen.

Bei uns scheint heute wieder die Sonne. Ich habe gerade Mittagspause und sitze auf unserer Terrasse. Es ist Herbst geworden und es ist angenehm, die warmen Sonnenstrahlen auf der Haut zu spüren. Das Feld ist frisch gepflügt und es kann jetzt das Wintergemüse in die Erde. Der Rasen ist auch wieder zu mähen. Es ist ruhig und friedlich.

Was wird der Tag heute bringen? Wie viele Menschen werden heute unschuldig ihr Leben verlieren durch Anschläge und Krieg? Wie viele Menschen werden heute ihre Arbeit verlieren, fast täglich hört man doch von

Stellenabbau in den Großunternehmen? Wie viele Menschen werden heute ganz elend verhungern? Davon hört man gerade nichts. Wahrscheinlich gibt es wichtigere Nachrichten, wie die Koalitionsverhandlungen in Deutschland oder die gebrochenen Wahlversprechen.
Wie viele werden sich heute für Gott entscheiden und das durch die Taufe bezeugen? Weltweit werden es Tausende sein. Was wird aus unseren Lieben werden? Werden sie die Kraft aufbringen, um über ihren eigenen Schatten zu springen und die rettende Hand unseres Erlösers zu ergreifen? Gott weiß es.

Und ich werde jetzt wieder auf mein Feld gehen. In den letzten Wochen ist vieles liegen geblieben. Ich habe Samen gekauft, Spinat, Kohl, Rote Beete. Die Kakis müssen auch geerntet werden und die Kartoffeln fangen gerade an ...

Epilog

Wir würden heute das Jahr 3030 schreiben, nach der Zeitrechnung der früheren Erde, aber ich muss mich erst daran gewöhnen, dass es in der Ewigkeit ja keine Zeit mehr gibt.

Ich muss noch ein letztes Mal an meine Geschichte zurückdenken. Wie hätte es auch anders sein können, es ist alles genau so gekommen, wie es der ewige und allmächtige Gott in seinem Wort den Menschen vorausgesagt hatte. Was uns damals alle überrascht hat, war, dass die letzten Ereignisse so plötzlich, unerwartet und schnell kamen, dass selbst die Getreuen, die doch auf alles vorbereitet waren, nicht in so kurzer Zeit mit dem Ende gerechnet hatten.

Die Getreuen hatten die Welt gewarnt. Sie hatten die Menschen aufgerufen, sich wieder dem Schöpfergott zuzuwenden, der sich durch die Bibel offenbart, ihn allein anzubeten und ihm durch Gehorsam die Ehre zu geben. Sie hatten darauf hingewiesen, dass der Sabbat des vierten Gebotes das ewige Zeichen zwischen Gott und seinem Volk ist und die Zeit für eine mögliche Umkehr ihrem Ende entgegen geht. Jetzt würde im Himmel Gericht gehalten und die Getreuen durch das Blut Jesu freigesprochen. Wer dieses Gericht jetzt versäumen würde, der müsste dann selbst für seine Schuld gerade stehen. Unermüdlich hatten sich die Getreuen unter Einsatz ihres Lebens für die Wahrheit eingesetzt und aus Liebe zu ihren Mitmenschen nicht aufgegeben zu kämpfen.

Viele haben sich noch zur Wahrheit bekehrt und die rettende Hand unseres Erlösers, Jesus Christus, ergriffen, aber am Ende waren es im Vergleich zu denen, die nicht wollten, doch nur wenige.

Die römische Kirche hatte sich inzwischen mit der Staatsgewalt verbunden und es wurden Gesetze erlassen, die die Feier des päpstlichen Sonntags erzwingen sollten. Die Getreuen wurden mit Geldstrafen und Gefängnis bedroht oder man hat versucht sie durch die Versprechung von Vorteilen und Belohnungen dazu zu verleiten, ihrem Glauben zu entsagen. Aber die meisten sind standhaft geblieben, obwohl sie in dieser Zeit einer harten

Probe unterzogen wurden.

Dann ging plötzlich alles ganz schnell. Es kam eine Zeit der großen Trübsal über die Erde. Die Diener des Satans hatten soviel Hass und Zorn unter den Menschen geschürt, dass es zwischen einzelnen ethnischen und religiösen Gruppen zu einem noch nie da gewesenen Blutvergießen kam. Zur gleichen Zeit schienen die Kräfte der Natur außer Kontrolle zu geraten. Wie entfesselt brachen die Urgewalten von Feuer, Wasser, Sturm und Erdbeben über die Erde herein und richteten eine unbeschreibliche Verwüstung an. Gott hatte die Winde losgelassen und der Zorn des Bösen brach jetzt ungehindert über die gesamte Schöpfung herein.

Man beschuldigte die Getreuen, die Ursache für diese Ereignisse zu sein. Die Diener des Drachen machten die Welt glauben, die Weigerung der Getreuen, den päpstlichen Ruhetag als Zeichen ihrer Unterwerfung zu akzeptieren, hätte den Zorn der himmlischen Mächte entzündet. Es wurden daraufhin Gesetzte erlassen, die den Völkern die Freiheit gaben, diese Aufrührer und Schuldigen, falls sie sich nicht bis zu einem bestimmten Zeitpunkt unterwerfen würden, zu töten.

Und dann spielte Satan seine letzte Trumpfkarte. Quer durch alle Religionen hatte die Welt schon immer auf das Kommen irgendeines Erlösers gewartet. Jetzt maßte sich Satan selbst an, die Wiederkunft Jesu vorzutäuschen und erschien auf der Erde als Engel des Lichts. Er gab sich als Christus aus und die Welt stand Kopf. Er erschien in einigen Teilen der Erde und alle Medien berichteten „life" 24 Stunden am Tag. Satan trat als majestätisches Wesen auf, von verwirrendem Glanz, zitierte mit sanfter Stimme Worte Jesu und heilte tausende von Kranken. Sein Auftritt war so betörend, dass alle, die kein 100% festes Fundament des Glaubens hatten, alles vergaßen und wie hypnotisiert an seinen Lippen hingen. Und dann behauptete er tatsächlich, dass er, Christus persönlich, den Sabbat auf den Sonntag verlegt hätte, und alle, die am Sabbat festhalten würden, damit seinen Namen lästern.

Für die Getreuen, die bis zu diesem Zeitpunkt standhaft geblieben waren, bedeutete das keine Gefahr mehr. So oft hatten sie über diese große letzte Verführung in allen Einzelheiten gesprochen. Sie kannten durch die Offenbarung Gottes diese letzten Ereignisse schon auswendig. In ihrem Herzen kam wieder Hoffnung auf, denn sie wussten, die Ankunft des Herrn steht kurz bevor.

Gott hatte inzwischen im Himmel das Rechtfertigungsgericht für die Getreuen abgeschlossen und Jesus legte jetzt die Priesterkleider ab und zog die königlichen Kleider an. Jetzt war alles vorbereitet um seine geliebten Kinder aus dieser trübseligen Zeit zu befreien und in den Himmel zu holen. Gott befahl den sieben Engeln, welche die sieben Schalen des Zornes Gottes in Händen hielten, diese jetzt über die Erde auszugießen.

Schwer beugte sich die Erde unter den letzten sieben Plagen Gottes. Der von den Dienern des Drachen vorherbestimmte Zeitpunkt zur Vernichtung der Getreuen stand kurz bevor, letzte Vorbereitungen wurden getroffen. Plötzlich senkte sich aber eine undurchdringliche Finsternis über die Erde, so dass die Angreifer nicht vorankamen. Dann überspannte plötzlich ein Regenbogen in seiner Herrlichkeit den Himmel. Die Natur schien aus ihrer Ordnung zu geraten, die Ströme hörten auf zu fließen, die Erde hob und senkte sich und der Himmel schien sich zu öffnen und zu schließen. Zentnerschwere Hagelsteine fielen herab und Blitze verwandelten die Erde in ein Flammenmeer. Dann sahen alle eine Hand am Himmel, welche die zwei Gesetzestafeln Gottes ausbreitete, den Maßstab für das Gericht. Zu spät erkannten die meisten, dass sie verführt worden waren und der Sabbat des vierten Gebotes das ewige Siegel des lebendigen Gottes ist.

Dann war es endlich so weit. Von Osten her kam Jesus, auf einer strahlenden Wolke aus Myriaden von Engeln. Er kam als Sieger, als König der Könige und Herr aller Herren, um die Seinen zu holen. Mit mächtiger Stimme rief er die schlafenden Heiligen aus ihren Gräbern hervor und plötzlich, in einem Augenblick, wurden die lebenden Getreuen verwandelt. Zusammen mit den Auferstandenen brachten Engel die fröhliche Schar zu Jesus auf die Wolke. Dann brachte der Wolkenwagen die Geretteten aufwärts zum himmlischen Jerusalem.

Von den Gottlosen hatte keiner den Anblick des Weltenherrschers überlebt. In einem Moment waren sie vergangen.

Satan wurde für tausend Jahre auf die völlig zerstörte und von Leichen übersäte Erde verbannt, um die Folgen seiner Empörung gegen Gottes Gesetz betrachten zu können.

Im Himmel fand in dieser Zeit während der 1000 Jahre das Gericht über die Gottlosen und über Satan und seine Engel statt. Gott hatte dabei das Gericht den Erretteten übergeben und es war jetzt ihre Aufgabe, jedem der Verurteilten eine nach seinen Werken gerechte Strafe zuzumessen. Es wurde alles offengelegt und es wurde gezeigt, wie oft Gott jedem einzelnen Menschen nachgegangen war, wie er versucht hat, jeden zu sich zu ziehen, wie aber die Verlorenen sich immer wieder geweigert haben. Am Ende ist offenbar geworden, dass die Urteile zu Recht ergangen waren. Es ist die Gerechtigkeit Gottes offenbart worden, seine Liebe, Güte, Gnade, Barmherzigkeit und Geduld.

Nach den tausend Jahren kam Jesus mit den Getreuen noch einmal zur völlig zerstörten Erde zurück. Jesus rief jetzt die Gottlosen aus ihren Gräbern. In der Gegenwart Jesu war sich jeder einzelne von ihnen seiner Sünden bewusst, die er jemals begangen hatte. Nichts konnte jetzt noch als Entschuldigung vorgebracht werden. Es war zu spät, das Urteil des ewigen Todes war über sie ausgesprochen. Alle erkannten das Urteil als gerecht an, sogar Satan beugte seine Knie vor Gott und bekannte die Gerechtigkeit seiner Verurteilung.

Dann fiel Feuer vom Himmel und der Tag brannte wie ein Ofen. Die Gottlosen erhielten ihre Strafe. Einige vergingen in einem Moment, andere musste länger leiden, am längsten aber litt Satan.

Und dann war alles vorbei, Das Feuer hatte alles verbrannt und die alte Erde war von der Sünde gereinigt.

Und Gott schuf einen neuen Himmel und eine neue Erde. Alles, was durch die Sünde verloren erschien, wurde wieder hergestellt. Die Getreuen ererbten das Land und dürfen für immer darin bleiben. Selbst in unseren kühnsten Gedanken hatten wir uns die Herrlichkeit des Paradieses Gottes nicht so vorgestellt. Und eine unzählbare Schar vereinigte ihre Stimmen zu einem mächtigen Lobgesang:

„Und jedes Geschöpf, das im Himmel ist und auf Erden und auf dem Meer und alles, was darin ist, hörte ich sagen: Dem, der auf dem Thron sitzt, und dem Lamm sei Lob und Ehre und Preis und Gewalt von Ewigkeit zu Ewigkeit!"

Der große Kampf ist beendet. Sünde und Sünder sind nicht mehr. Das ganze Weltall ist rein. Eintracht und Freude herrschen in der ganzen unermesslichen Schöpfung. Von dem, der alles erschuf, fließt Leben, Licht und Freude über alle Gebiete des grenzenlosen Raumes. Vom kleinsten Atom bis zum größten Weltenkörper erklärt alle lebende und unbelebte Natur in ungetrübter Schönheit und vollkommener Freude:

Gott ist die Liebe.

Denn also hat Gott die Welt geliebt, dass er seinen eingeborenen Sohn gab, damit alle, die an ihn glauben, nicht verloren werden, sondern das ewige Leben haben.

Johannes 3,16.

Quellenangaben

[1] So entstand die Bibel, Wuppertal, ISBN 3-87857-238-7

[2] The Convents′Catechism of Catholic Doctrin, S.50

[3] Eucharist Meditation, S.111

[4] Die Bibel: Buch Daniel, Kapitel 1 und 2

[5] Die Bibel: Buch Daniel, Kapitel 7

[6] Die Bibel: Buch Daniel, Kapitel 7 Vers 24

[7] Die Bibel: Buch Hesekiel, Kapitel 4, Vers 5

[8] Malachi Martin, The Jesuits (New York: Simon&Schuster, 1987)

[9] Verzeichnis des Kongresses der Vereinigten Staaten von Amerika, House Bill 1523, Contested election case of E.C. Bonniwell, Febr. 15, 1913 pp. 3215-16

[10] Die Bibel: Buch Daniel, Kapitel 7

[11] Die Bibel: Buch Daniel, Kapitel 8

[12] Die Bibel: Buch Daniel, Kapitel 8, Vers 14

[13] Die Bibel: Buch 2. Timotheus, Kapitel 3 ab Vers 1

[14] Die Bibel: Buch Offenbarung, Kapitel 12, ab Vers 11

[15] Interview im Herbst 1990 im kanadischen Rundfunk mit dem Jesuiten Dr. Malachi Martin

[16] La Femme et l′enfant dans la Franc Macconerie Universelle by A.C. de la Rive p. 588

[17] Fourth Reich of the Rich, Griffin, pp. 71, 72

[18] Ustasha in a Free World; Edmond Paris; Cinvert or Die; Chick Publications, Kalifornien

[19] True Bible believers denounced at Papal Conference, Power of Provecy, March 2000–03, p. 3

[20] www.catholic. net, march 2003

Wollen Sie mehr über die Bibel erfahren?

Bibelstudienbriefe, kostenlos und unverbindlich von:

Internationales Bibelstudien-Institut
Deutschland:
Tel: 0625750653-0   E-Mail: ibis@stimme-der-hoffnung.de

Österreich:
Tel: 01 3199300-12   E-Mail: ibis@bibelkurs.at

Schweiz:
Tel: 044 3156507   E-Mail: info@bibelstudien-institut.ch

Buchempfehlungen:

Alle Wege führen nach Rom
Christliche Literatur-Verbreitung,   ISBN 3-89397-234-X

Hochinteressantes Buch über die Hintergründe der Ökumene, über die politische und wirtschaftliche Macht des Papstes, den Jesuitenorden und die Verbindungen zu den Freimauren.

Jesus von Nazareth
Advent-Verlag Lüneburg,   ISBN 3-8150-1182-5

Vor mehr als hundert Jahren verfasst und in über 30 Sprachen übersetzt, ging es Ellen White darum, Gottes Liebe zu beschreiben, die sich besonders eindrucksvoll im Leben und Wirken Jesu offenbarte.

Der große Kampf
Advent-Verlag Lüneburg,   ISBN 3-8150-1180-9

Dieser Bestseller wurde in über 100 Sprachen übersetzt. Millionen von Lesern hat dieses Buch den Blick für den Kampf zwischen Licht und Finsternis, Wahrheit und Irrtum, Evangelium und menschlicher Religion, der seit über zweitausend Jahren tobt, geöffnet.